ハヤカワ・ミステリ

TOM MEAD

死と奇術師

DEATH AND THE CONJUROR

トム・ミード

中山　有訳

TOKYO
HAYAKAWA
BOOKS

A HAYAKAWA
POCKET MYSTERY BOOK

DEATH AND THE CONJUROR
by
TOM MEAD

Translated by
YU NAKAYAMA
First published 2023 in Japan by
HAYAKAWA PUBLISHING, INC.
This book is published in Japan by
arrangement with
PENZLER PUBLISHERS / THE MYSTERIOUS PRESS
through JAPAN UNI AGENCY, INC., TOKYO.

装幀／水戸部 功

父と母、そして亡きＪＤＣ（一九〇六～一九七七）に捧ぐ

目次

死と奇術師

登場人物

アンセルム・リーズ博士…………心理学者

リディア・リーズ…………………その娘

フロイド・ステンハウス…………音楽家（患者A）

デラ・クックソン…………………女優（患者B）

クロード・ウィーバー……………作家（患者C）

ベンジャミン・ティーゼル………興行主

ルーシー・レビー…………………女優

マーカス・ボウマン………………金融業者。リディアの婚約者

ラルフ・トゥイーディー…………書籍編集者

ピート・ホッブズ…………………エレベーター係

オリーブ・ターナー………………リーズ家の使用人

そのほか、もろもろの端役たち

ジョージ・フリント………………警部補

ジェローム・フック………………巡査部長

ジョセフ・スペクター……………奇術師

第一部　こそ泥の物語（一九三六年九月十一日）

劇場には、大きな影響力が必要である。

——サラ・ベルナール『自伝』

1　険悪な空気

一九三六年九月十一日（金曜日）

いくつもの灯油ランプが燃えさかるかのように、〈ポムグラニット劇場〉では、いらだちの炎が立ちのぼっていた。

「わたしの耳飾りを知らない？」とルーシーがきつい口調で訊く。舞台係は、けおされて口を開けたまま何もこたえなかった。

ルーシーは舌打ちして、捜しものを続けた。舞台裏の全員に尋ねてまわり、あちこちの梁の下をのぞき込み、衣装が吊り下がっている台車をずらした。薄黒いシャドーを塗ったまぶたがまばたきを繰り返し、ピンク色の唇は不機嫌そうにゆがんでいる。耳飾りは見当たらない。

舞台劇『死の女《ミス・デス》』の初日の夜公演を控え、最後の通し稽古が始まる直前だ。場の雰囲気はピアノ線のように張りつめている。助演女優のルーシーは、本番が目前に迫ったここ二週間、平静を保とうと懸命に努力してきた。なのに、この期《ご》に及んで耳飾りが行方不明。

ルーシーは舞台の袖を出て、中央へ向かって歩きだした。大股の歩調に合わせて、靴のかかとが木の床をこつこつと叩く。「デラ、あなたがわたしの耳飾りをくすねたんじゃ……」

「危ない！」と舞台袖から大声が飛んだ。叫んだのはベンジャミン・ティーゼル。床の落とし戸が開いていて、ルーシーは危うく真っ逆さまに転落する寸前だった。ぎりぎりで踏みとどまったものの、片足が虚空に浮かんでいる。

「いやはや、とんでもない惨事になるところだった」

と別の声が言った。舞台の両袖からふたりの男が現われた。ティーゼルは、腰にベルトの付いた緑色のノーフォークジャケットを着て、威厳をかもし出している。もうひとりは年配で、服装がいささか仰々しく、真っ赤な絹地で裏打ちされた黒いマントをまとっている。ルーシーはひと呼吸して、気を取り直した。とまどった表情でティーゼルを見やってから、もう片方の男に向き直る。「あなた、何者?」

「ルーシー、言葉づかいに気をつけなさい」とティーゼルがたしなめた。子供を優しく叱る校長先生を演じるのが好きなのだ。「こちらはジョセフ・スペクターさんだよ」その名を聞けば、ルーシーだって当然知っているだろう、と言わんばかりだった。

「お見知りおきを」とスペクターが微笑を浮かべた。骸《むくろ》を思わせる笑み。遠い昔の世界から現われたかのような男だ。黒いベルベットのスーツを着こなし、一八九〇年代の色あせた栄華を漂わせている。顔には、丸めた便箋のように皺が目立つ。だが、深く窪んだ眼窩《がんか》の奥に、限りなく透明に近い青色の瞳が輝いていた。

　足取りといい服装といい、かなりの高齢者であることをうかがわせるが、声色は柔らかく、どこか無垢な響きがこもっている。どんな犯罪をおかしても罰を免れることができるのではないか、とルーシーは思った。

「いまちょうど、第三幕で行なう幻覚効果の最終的な調整をしているところでね。申し訳ないが、舞台からはけてもらえないだろうか」とスペクターが言った。ルーシーはまだ呼吸が整わず、耳飾りも見つからずじまいだったが、無言で舞台をあとにした。ゆっくりと立ち去る途中、ふたりの男のささやきが耳に届いた。

「いけ好かない女だ」とティーゼルがつぶやいた。

「いずれ息の根を止めてやる」

「威勢がいいだけだろう。やりたいようにさせておけば、自分で何とかするたぐいだよ」スペクターは、開いた落とし戸のそばにひざをついて、呼びかける。

「準備はできたかね？」

「アイ、アイ、サー！」と返事がかえってきた。スペクターは口元をゆるめ、ティーゼルにウインクした。「さあて、お手並み拝見と行こうか」

短い間のあと、床の落とし戸からおぞましい蠟人形が一体、静かに姿を現わした。不気味な顔つきで、無人の客席を見渡す。丸まった両手は鉤爪さながらだ。

「上出来だ」とスペクターは言った。「ただ、間合いをもう少し縮めたほうがいいだろう」

「いまの感じでじゅうぶんだと思うが」とティーゼル。

「いいや、ほんの一瞬であるべきだよ。わたしは観客に大きな悲鳴を上げさせたい。装置にもう少し油を差したらどうだろう？」

「おっと、もう時間がないな」とティーゼルが気づいて言う。「デラに第二幕の独白をリハーサルさせないと。彼女はどこにいる？」

品のある身のこなしで、スペクターが舞台裏へ向かった。内ポケットから煙草入れを取り出す。中身は、黒色の細い葉巻《シガリロ》が十本。その一本を前歯で挟んで火をつけ、かび臭い空気に向かって、かぐわしい煙を吐き出した。そんなようすを、ルーシーが、迷路のように入り組んだ舞台裏の壁のくぼみに身を隠しながら見つめていた。このジョセフ・スペクターなる人物をひそかに観察し始めたのだ。

スペクターの年齢を見定めるのは難しい。照明の加減で、五十歳にも八十歳にも見える。奇術師の常として、人の目をくらませるすべに長《た》けている。ルーシーはこのときまだ知らなかったが、〝ジョセフ・スペクター〟という名前にしろ、本名ではない。ミュージックホールで奇術を披露していたころからの芸名だ。十年以上前に現役を退いたものの、彼ならではの名高い早業《はやわざ》を世に残そうと努力している。

スペクターが裏口へ向かっていく。ドアマンが笑みを浮かべ、鍵束をじゃらじゃらいわせたあと、スペクターを路地へ送り出した。ルーシーはあとを追ったものの、すぐには外に出なかった。ドアマンに向かって唇に人差し指を当て、声を出さないよう無言で制してから、ドアをわずかに開け、おもてをうかがった。すると、デラ・クックソンの姿が目に入った。舞台衣装に全身を包み、所在なげにごみ箱に腰かけている。

「デラ、こんなところで何をしている？」とスペクターが声をかけた。

デラは軽く微笑した。「わたしにだって、どこか居場所が必要でしょ？」

彼女の表情がきわめて扇情的であることは、ルーシーでさえ認ざるを得ない。アーチ型の黒い眉毛から顎のくぼみまで、どこかをほんの少し動かしただけで、相手の心にさまざまな感情の渦を巻き起こす。赤褐色の髪に縁取られた顔は、まるでグラビア写真から抜け出てきたかのようだ。〝存在感がある〟などという表現では舌足らずだろう。小柄なからだつきなのに、しぐさや表情の快活さと生気のほとばしりは並外れている。

芸術に関わる者にありがちな気質として、デラは定期的に鬱状態に陥り、ときには数週間も動けなくなる。ただ、それがよけいに彼女の評判を高めていた。きょうも浮かないようすだ。青白い肌と深紅の唇との対比が、死期の近い結核患者を思わせる。

「初日が始まってもいないうちから、もうさんざんな酷評よ」とデラは言い、新聞をかざした。《安ピカの不気味ショー》という見出しが躍っている。

「デラ、きみがそんなことを気にするとは思わなかったよ」とスペクターが言った。

「あなたは気楽でしょうけどね。評論家が槍玉に挙げてるのはあなたじゃないもの」

「言っておくがね、この出し物はわたしのトリックと魔法の上に成り立っている。わたしにとって、子供のようなものだ。何年も何年もかけて育ててきた」

デラは悲しげな笑みを浮かべ、話題を変えた。「あなた、ほんとは何歳なの？　不思議でしかたない」

「ふうむ、五百歳は超えているよ。スペインの無敵艦隊の襲来を鮮明に覚えている。あの連中のせいで、十歳の誕生日を台無しにされた」

デラは愛想笑いをした。「奇術師っていう人種は、ほんとにもう……。まともな受けこたえができないの？」

「それが、できないんだ。ティーゼルはそこが気に入って、わたしを雇ったのだよ。あの男はまともな受けこたえなど求めていない。『死の女』が薄気味悪い物語なのは、わたしも認めよう。だからこそ、前例のない、きわめて緻密な舞台効果が必要になる。ここのような劇場がうってつけだ。改装されたばかりの、広々とした絢爛《けんらん》たる空間。ベンジャミン・ティーゼルがこうしたショーでこの劇場を満席にできないとしたら、ほかの誰にもできまい」

「さすが手練れの興行師さん、ってところね」言葉に毒がにじんでいる。「ところで、どうしてティーゼルじゃなくてあなたがわたしを呼びに来たの？　あなたは通し稽古に立ち会わなきゃだめでしょ。あのいろんな化けものが床下から飛び出てくるのを見守ってないと」

「二カ月前なら、そうせずにいられなかっただろう。しかし最近はまあ、口を出しすぎであることを自覚した、といったところだ」

「ご自身のトリックをほかの人が演じるのを見るなんて、妙な気分でしょうね」

「〝幻覚を見ているよう〟とでも表現すべきかな。かといって、まったく楽しめないというわけではない。なにしろ、どのトリックもいまだに通用するのだ。それはそれで、たいしたことだと思わないかね？」

デラはポケット瓶からひと口飲んだ。「少し、いかが？」

瓶を受け取ったスペクターが尋ねる。「中身は何だね？」

肩をすくめる。「そのへんは考えないようにしてるの」

一瞬迷ったものの、スペクターは好奇心に負けた。「まあ、いいだろう」ほんのわずか口に含む。アルコールが喉の奥を焼き、胃までの通り道を燃え上がらせた。乾いた咳でむせながら言う。「こいつは強烈だな」

デラは笑った。「あらまあ。そうそう、このことはほかの人には内緒にしといてね。つまり、わたしがお酒を飲んでるってこと。初日の夜で緊張してるだけで、連続公演が始まったら一滴も飲まないから」

スペクターも笑顔を向けたが、何もこたえなかった。そそくさと別れを告げ、劇場をあとにした。初日の夜公演までほんのわずか――あと数時間――とはいえ、自分がいなくてもおそらく問題ないと踏んだのだ。正面入り口の上に掲げられた看板（デラ・クックソン主演『死の女』）に軽く目をやったあと、ストランド通りを行き交う人々に溶け込んでいく。秋の空気に襟を正し、セント・マーティン・イン・ザ・フィールズ教会へ向かういくつもの灰色の点の一つと化した。

ルーシーは口角にかすかな笑みを漂わせ、舞台裏の扉をゆっくりと閉めた。

2　死の女

ロンドン北西部、ドリスヒル。窓の向こうの空が、黒みを帯びた不気味な赤に染まり始めた。夕刻を迎え、夜のとばりがロンドンを覆いつつある。アンセルム・リーズ博士は、机に向かってペンを走らせていた。部屋の奥にある革張りの長椅子には、患者Aが横たわり、廻り縁のめぐらされた天井を見つめている。その姿勢のまま、患者Aが話を続けた。

「ですから、僕は動けません。寝そべったまま息ができなくて、全身が金縛りの状態です。そのとき突然、暗闇のなかに一対の目が現われて、こっちを見つめるんです。僕は正体を見定めようと、目を凝らす。するとドアが開いて、その黒い人影が部屋に入ってきて、僕のベッドの足元に立つ」

「その人影とは——誰だね？」リーズ博士はできるかぎり平坦な口調で尋ねた。

「父です」

博士は頷いた。予想したとおりだ、と。

「でも、なんだかようすが違って、幽霊みたいでした」

「きみの父親は——本物のお父さんは——ご存命かな？」

「ええ。ここ数ヵ月は会ってないし、話してもいないけど、生きてますよ。ぴんぴんしてます」

「お父さんの健康状態に、きみはなんらかの不安を感じていないかね？」

「これといって、不安はありません。でも、夢のなかで父は僕のベッドの足元にいて、まばたき一つせずに僕を見下ろします。ローブっていうのか、修道僧の法衣みたいなものを着てる。おかげでこっちは祭壇に横たわってるみたいな、異教徒の神へのいけにえにされる寸前みたいな気分になります」

「それから?」

「それから、父は胸元に手をやってローブを引き裂き、裸の胸をあらわにする。それで、僕は……」患者Aはふと言葉を切って、心を落ち着かせた。非常に説明しにくい話らしい。「僕は初めて、父に何が起きたのかを見てとります」

博士はペン先を紙の上に浮かせたまま、続きを待ち焦がれるような目で患者Aを見つめた。

患者Aが続ける。「父の胸郭が……口になっているんです。一対の顎みたいに開いていて、鋭い歯が光ってる。でもって、胸の奥の、心臓があるはずのところに……舌が見える」

患者Aが目に涙を浮かべて、独白をやめた。

「夢はそこで終わりかな?」と博士は言った。

「いえいえ、終わりじゃありません。でも、もうこれ以上は話せそうにない」

「なるほど。きょうの診療はここで終わりにしよう。ただ、この夢の象徴的な性質について、わたしにはいくつかの説がある」

「お父さん!」

弾かれたように患者Aが立ち上がった。「誰です? 誰の声ですか?」

「なあに、うちの娘のリディアだよ」と博士はこたえた。「二階にいる」部屋の出入り口まで行って扉を開け、廊下に向かって大声で言う。「どうしたんだ、リディア?」

「マーカスが来たわ」と返事が届いた。「いま、車がちょうど角を曲がったところ」

「そうか」博士は振り返って患者に顔を向けた。「では、あしたまた電話してもらうとして、診療の続きはそのときにしよう。とりあえず、今回もベロナールを処方しておく」

「先生の娘さんには会ったことがないな」と患者Aがうつろな表情で言った。

「ああ。娘はこのところ臨床のほうはやっていないんだ。しかし、精神医学に関する見識はたいしたもので、《ニュー・ステイツマン》誌に連載を持っている」博士は机の上に身を乗り出して、処方箋を走り書きした。その紙をちぎって、患者Aに手渡す。

「もし、迷惑でなければ……」と患者Aはおずおずと言った。「そこのフレンチドアから出て帰りたいんですが」

「もちろん、いいとも」と博士は応じた。「ここに来ていることを秘密にしておきたい気持ちはわかる。いま開けるよ」そう言いながら、ガラス張りの開き戸に近寄って、室内用のゆったりとした上着のポケットから鍵を取り出した。フレンチドアを解錠し、患者Aを庭へ出してやる。灰色の石でできた狭いポーチがあり、その先には殺風景な花壇の地面が続いている。

リーズ博士より年下とはいえ、患者Aは見た目ほど若くはない。薄青色の瞳のまわりには、人生に疲れたような憂いを漂わせている。ひげはきれいに剃ってあるが、服装には無頓着で、サイズの合わないツイードのスーツは、ぽっこりと出た腹を隠せていない。職業は音楽家で、ロンドン・フィルハーモニー管弦楽団の活動史上でも屈指の名バイオリニストだ。本名はフロイド・ステンハウス（いずれこの名を明かさざるを得なくなる）。もっとも、そのフロイドは、悩める夢と処方箋を抱え、庭を抜けて裏門から小走りに去っていった。

ドリスヒル通りを歩くフロイドの足取りは、どこか不自然だった。もちろん、通りすがりの人たちからは、イギリス生まれの愛すべき変わり者のひとりとしか見られていないだろう。顔立ちが個性に満ちあふれ、澄んだ瞳の奥には知性を秘めている。だが、歩きかたが少しおかしな本当の理由は、トレンチコートのポケットの重みだった。ポケットへ突っ込んだ彼の手に、冷たい握りの感触が伝わってくる。それは叔父から譲り受けた戦争記念品――回転式拳銃だった。

ここドリスヒルは、裕福な人々が暮らす郊外だ。曲がりくねった広い道路に沿って、エドワード王朝時代の家屋が建ち並び、青々とした生垣が続いている。リーズ博士の家は、頑丈な赤れんが造り。正面から見るとイタリアふうで、装飾の施された隅石《すみいし》で縁取られ、白枠の上げ下げ窓が三列並んでいる。通りから石段を少しのぼったところに玄関がある。博士がウィーンに残してきた家と、そう大きくは違わない。

リーズ博士すなわちアンセルム・リーズは、五カ月前、この国に到着するとすぐ、ここロンドン北西部で開業した。生まれて以来ずっとウィーン暮らしだったが、個人的な事情と政治的な事情が絡み合い、苦渋の決断で移住してきた。すでに老境に入り、歯がずきずきと痛み、視力も衰えている。ただし、頭脳はピン先のように鋭く、機転が利き、服装の趣味の良さも変わっていない。ロンドンの上流社会のなかで居場所を見つけるのに、そう時間はかからなかった。二月下旬、汽船〈マグニフィセント号〉に乗ってサウサンプトン港に到着したとき、彼はトップハットに燕尾服という出で立ちだった。自分自身よりも大切な唯一の存在――娘のリディア――と腕を組んで、船からの階段を下りた。

父娘そろってイギリスの大地に降り立つ姿を、フラッシュの放列が出迎えた。リディアは写真映えする。刈り上げたショートボブの黒髪。最新のファッション。首元にはビーズが輝き、男性的なツイードと女性らしい毛皮という独特の組み合わせを着こなしている。顔の肌は滑らかで、女優ルイーズ・ブルックスのきりっとした美しい目鼻立ちと相通じるところが多い。もっとも、声色は柔らかく、気だるそうな口調が特徴だ。

リーズ博士のほうも負けず劣らず、ロンドン市民の関心を集めた。彼は当初、あらたな患者を診るつもりはないと明言していたが、ほんの一ヵ月もしないうちに態度を翻し、新規の患者を三人も受け入れた。男性ふたり、女性ひとり。いずれも身元は極秘にされた。身元に関する情報をもし得られるなら、タブロイド紙は喜んで大金を払っただろう。博士は診療記録に、患者A、B、Cとだけ記している。しかしもちろんリディアは、この三人が誰なのか、会ったことはなくても知っていた。重要なのは、彼女がけっして漏らさなかった点だ。

博士はフレンチドアを閉め、鍵をかけた。恐怖から出た冷や汗の臭いを除けば、まるで誰も来客がなかったかのようだった。室内を振り返ったとき、博士はぎくりとした。リディアが、腰に手を当てて部屋の入り口に立っていた。

この書斎は家のいちばん奥にある。広々とした四角い間取りで、高い天井にはまばゆいシャンデリアが輝き、床にはトルコ絨毯が敷かれている。棚に所狭しと並んだ革表紙の書物は、さまざまな言語で書かれた古典や医学専門書。どの本も美しさを保っている。飾り気のない部屋でありながら、古びた雰囲気がかもし出す温かみも漂っていて、ほとんど人が入らないまま時を経てきたかのようだ。目立つものといえば、ニス塗りのビーダーマイヤー様式の書き物机、ベルベットの枕がいくつか積まれた背もたれのない患者用の寝椅子、灰色の石材で囲まれた暖炉。奥の隅に、チーク材の大きな収納箱が鎮座している。室内のどこに目をやろうと、この収納箱がつねに視界に入る。棺桶を連想させるような、不気味な存在感がある。

「まだ服を着てないのね」とリディアが言った。

「着ているじゃないか」

「その格好では劇場に行けないでしょ」

博士は、溜め息をついた。「すっかり忘れていたよ」

「じゃあ、急いで支度して。マーカスがもう来てるし、十五分後には出発よ――お父さん抜きでもね」

ぎりぎりだったが、どうにか間に合った。娘に言い渡された制限時間があと一分を切ったあたりで、博士は夜会服に身を包み、蝶ネクタイを直しながら階段を下りた。

「こんばんは」とマーカス・ボウマンが言った。

博士は、若いボウマンを頭のてっぺんから爪先まで眺めた。華奢で背が高く、蜘蛛を思わせるからだつきだ。細い縦縞のスーツを着て、派手な赤い蝶ネクタイをしている。映画スターのような口ひげ。ポマードで整えたつややかな黒髪。うるおった瞳には知性が感じられず、犬の目に似ている。

いくぶん釣り合いの悪いこの三人組は、マーカスの車――オースチン社製で、後部座席だけが屋根のないオープンカー、車体は蜜蜂のような黄色――に乗り込み、〈ポムグラニット劇場〉へ向かった。

その道すがら、博士は、横並びに座っているふたりを見比べた。不似合いなカップルだ。リディアは言うまでもなく美しい。ただし、攻撃的な知識人。かたやボウマンは金融業者の家系で、一流のパブリック・スクールを卒業しているものの、まるで膨らみかけの風船のように張りのない空虚な男だった。運転は向こう見ずだし、服装もプレイボーイのよう。博士は軽蔑の眼差しを向けずにいられなかった。

リディアは、新しい環境に慣れるのが驚くほど早かった。イギリスに来たときは二十六歳で、心理学の博士課程を終えたばかりだった。もっとも、彼女の理論は父親の理論とは興味深い部分で食い違っている。職業上では、父娘はライバル関係にあるとさえいえるかもしれない。学問を究める一方で、リディアは息抜きのすべも知っていた。ロンドンでも屈指のしゃれたナイトクラブに付き添いなしで堂々と出かけていき、美貌だけでなくヨーロッパ大陸的かつ神秘的な物腰でたいへんな注目を浴びた。いちばんお気に入りの店は、ソーホー地区にある〈パルミラ・クラブ〉。飲みものが安く、常人では堪えられないほど騒々しいジャズが流れている。その店で、マーカス・ボウマンと初めて出会い、ほどなくして婚約したのだった。

　ボウマンは、昨今のロンドンに多い〝ボヘミアン〟の若者だ。前歯二本が栗鼠《りす》のように少し出っ歯なうえ、喉仏が大きいせいもあって、顔立ちには《パンチ》誌に載っている漫画の下書きのようなユーモラスさが漂っている。服装は、都会慣れした遊び人そのもの。膝下までのゴルフ用ズボンを穿き、実際、ゴルフバッグを肩から下げている日も多い。以前、男性の身だしなみについて流行をあおろうと、《トップストーリー・チャップ》誌が口ひげを大々的に特集していたが、ご多分に漏れず、ボウマンも口ひげを生やしている。けだるそうに上唇のうえにのっかっているその口ひげは、ソファーにだらしなく寝そべる癖のあるボウマン自身を象徴するかのようだ。話しかたにしろ、根っからのブルジョワのくせに上流階級を気取って偉ぶっている連中の口調そのもの。理解しがたい俗語まみれで、あらゆる文に「いやもう！」だの「まったく！」だのと感嘆詞が付く。

　なのに、この男と付き合って、リディアは幸せらしい……。

　薄暮に包まれた街角は夜のにぎわいの兆しにあふれ、〈ポムグラニット劇場〉の外には初日の公演を待つ観客が集まっている。ボウマンが車を駐め、三人は外へ出た。劇場の看板に出し物のタイトルがでかでかと書かれている。『死の女』。それを見て博士は小さく溜め息をついた。劇場の扉はどれも広く開け放たれている。ロビーはすでに客でごった返していた。歓談の声。グラスの音。プログラムに目を通している者もいる。博士は社交的な気分になれず、浮かない顔で自分の席へ向かった。リディアもあとに従う。ボウマンは煙草を買いに売店に寄った。

「どうしたの、お父さん？　元気がないみたい」

「いや、大丈夫。ちょっと疲れていてね」

「どうして？」と娘が尋ねる。

「確かジョンソン博士の言葉だったな――『ロンドンに疲れた男は人生に疲れている』。それで質問のこたえになるかな？」そう言うと、娘に向かって薄く笑った。

　そのとき、絹の裏地のついたマントを着た老人が、安っぽい犯罪小説に出てくる悪役さながらの姿で、「失礼」とつぶやいて前をよぎり、同じ列の奥の席へ進んでいった。博士はしばらくその老人を見つめたあと、前方のステージに向き直った。

　ふと、手元の時計に目を落とす。幕が上がるまであと五分くらいだろう。

「で、このヘレン・クックソンって誰なんだい？」とボウマンが訊いた。

「デラ・クックソンよ」リディアが訂正した。「現代における最高の女優のひとり。もの知らずにもほどがあるわ」

　ちょうどそこで、幕が上がった。

　第一幕が始まり、やがて終わった。ルーシー・レビーがいきいきと存在感を示し、デラは、登場するなり、観客を熱狂の渦に巻き込んだ。気乗りしないふうだった年配のリーズ博士でさえ、デラが舞台上に現われると前のめりになった。短い休憩を挟んで第二幕に入り、場内の興奮はさらに高まった。観客はいっそう息を呑み、いっそう高く笑った。博士たちと同じ列にいるマント姿の男も、舞台上の演出をほかの客たち以上に堪能しているようすだった。

　第二幕と第三幕のあいだの休憩は長めだった。博士は席を立ち、バーに寄った。すると、背後から名前を呼びかけられた。

「お邪魔して申し訳ありませんが、アンセルム・リーズ博士でいらっしゃいますか?」

博士は振り返った。「ええ。何かご用でしょうか」

「ティーゼルと申します。ベンジャミン・ティーゼル。このささやかな見世物の興行主にして総監督です」黒いネクタイで着飾り、かすかに震える手でマティーニを握りしめている。

「それはそれは。お祝いを言わなければいけませんね。今回の出し物は観客におおいに受けていますよ」

「温かいお言葉、感謝いたします」計算ずくの謙虚さで、頭を下げる。「僭越ながら、あなたとお嬢様を招待させていただきたい催しがありまして」

「ほう?」

「明日の夜、ハムステッドにあるわたしの屋敷でパーティーを開きます。各方面から劇評が出るまで待ったほうがいいだろうと——そこで、今夜ではなく明日の晩、盛大に祝う計画なのです」

「楽観的なんですね」

ティーゼルは喉の奥で笑った。「まわりをご覧になってください。笑顔でおしゃべりに興じる人たちの顔、顔、顔……。観客がああいう反応のときは、ロングラン間違いなしです。とはいえ、批評家の連中が太鼓判を押してくれるまで待とうと思います。そうすれば、翌日の新聞に何を書かれるかと不安がる必要もなく、酒と音楽を楽しめますから……」

「なるほど。興味深いパーティーですが、あいにく明日の夜は予定があるんです」

「おや、それは残念。このつつましくもグロテスクな芝居について精神科医の解釈をうかがいたかったんですがね。しかしまあ、わたしの名刺をお渡ししておきますよ。もし気が変わりましたら、ぜひ。あっ、エドガー! エドガー・シモンズ!」ティーゼルの関心が別の客にそれた。「エドガー、ここ数カ月、いったいどこに隠れていたんだ……?」そう言いながら、ティーゼルは、客たちの波に呑み込まれていった。

リーズ博士としても、ときおりパーティーに顔を出すことにやぶさかではない。なにしろ、そういう場には、いずれ患者になるかもしれない面々が寄り集まっている。しかし、ティーゼルなるあの男には、こちらの神経をいらだたせるような何かがある。まとっている空気に、芸能界のいかがわしさが匂う。博士は軽く身震いしたあと、場内へ戻った。

　第三幕の幕が開くまぎわ、自分の席に着いた。

「お父さん、誰と話してたの?」リディアが訊いた。

「ベンジャミン・ティーゼル。この……贅沢な見世物の総監督だ。あしたの夜のパーティーに来ないかと誘ってきた」

「あらまあ。どこへ行ってもまとわりついてくるのねえ、寄生虫みたいな人たちって」

　ティーゼルの名前を口にした瞬間、マントの老人の耳がぴくりと動いた。リーズ父娘の会話にいまにも割り込んできそうな気配。しかし、そのとき幕が上がった。

　第三幕で、いままでばらばらに進行していた物語がようやく一つにまとまった。途中、心底ぞっとする仕掛けがあって、客席じゅうに衝撃が走り、さすがの博士も度肝を抜かれた。最後の幕が下りると、心のこもった万雷の拍手が沸き起こった。デラ・クックソンがカーテンコールに現われたとたん、思わず立ち上がる観客もいた。

　デラはスポットライトの輪のなかへ歩み出て、一礼し、最前列のファンから豪華な花束を受け取った。瞳に涙を浮かべて立ちつくし、観客の喝采を浴びる。世の肖像画は、観賞者ひとりひとりと視線を合わせているかのような錯覚を狙って描かれているというが、デラも、そんな効果をもたらすすべを心得ていた。ただし、自分と目を合わせてくれたと思うのは、客の希望的な幻想にすぎない。今夜のデラは、ある男がどこに座っているかを即座に見定め、その男——リーズ博士

――を見つめていた。

帰り際、案内係が博士にメモを渡してきた。ほかの観客はロビーやバーに散り、見終わったばかりの娯楽について楽しげなおしゃべりを繰り広げている。博士は立ち止まり、メモを広げた。

「ここで散会としよう」博士は急に、ボウマンとリディアに言った。

「でも、どうやって帰るの？」

「タクシーで帰る。心配しなくていい」そう言い残し、博士は人ごみのなかをすり抜けた。

近くにいた別の案内係に連れられて、バーの裏手から楽屋に向かう。「こちらです」と案内係が言い、ドアを開けた。

ドアを通り抜けると、別世界だった。舞台係たちが祝杯をあげるかたわらで、舞台監督がぼろぼろの台本をめくりながら、太い鉛筆で素早く残酷な修正を加えている。博士は案内係のあとについて長い廊下を通り、出演者の楽屋へ向かった。ドアをノックする。

「ちょっと待って」と楽屋内からの声。

博士は待った。

しばらくして、ドアが開いた。開けたのは、今回の出し物の主役、デラ・クックソンだった。もっとも、博士にとって、デラは〝患者B〟にすぎない。

デラは笑顔で朗らかにあいさつし、親愛の情を込めて博士の頬に軽くキスした。博士を化粧鏡の前の椅子に座らせ、案内係を下がらせてドアを閉めた。

「お芝居はいかがでしたか、博士？」

「娘がスリラー好きなんでね」照れくさそうにこたえながら、鏡を介してデラと視線を合わせた。「おや、何か落としものみたいだよ、デラ」

「どこに？」

博士は、絨毯の上の光るものを指さした。「ほら、そこ。何だろう？」身をかがめて、拾い上げる。「アクセサリーらしいな」と言って、デラに渡す。彼女は着物ふうの衣装のポケットに入れた。それは金色の一重の耳飾りだった。

デラは腰かけて、化粧を落とし始めた。

「どうして今夜わたしを楽屋に呼んだんだね？」

患者Bは溜め息をつき、鏡のなかの自分を見つめる。やがて、おもむろに博士のほうに向き直った。「わたし、とんでもないことをしてしまったんです」

第二部　嘘つきの物語（一九三六年九月十二日〜十四日）

いまなお、奇術においては、効果こそが最も重要である。用いるトリックなど、二の次にすぎない。

——ダイ・バーノン

喜ばしいことに、たいがいの人は密室ものを好む。ところが——忌まわしい問題点として——そういう愛好者でさえ、しばしば疑いを挟むのだ。

——ジョン・ディクスン・カー『三つの棺』

幕間（I）黒い外套を着た男

一九三六年九月十二日（土曜日）

革命期のパリで貧困にあえぐ芸術家たちに似て、クロード・ウィーバーは、屋根裏部屋で作業をすることが多い。粗末な部屋にこもって、小説を書いている。

その屋根裏部屋は、ハムステッド地区の二階建ての自宅にあり、本棚と書き物机を置けるように改造されている。ウィーバーの妻はたびたび、うちの人は屋根裏からめったに出てこない、わたしより屋根裏のほうが好きなのね、と大げさに言う。しかし、それは事実と大きく異なる。ウィーバーは屋根裏からしょっちゅう出てきている――ただし、妻に気づかれないように出入りしているのだ。

ウィーバーは生まれつき地味な男で、街ですれ違う人たちも、彼に気づかないか、せいぜい一瞥《いちべつ》をくれる程度だろう。彼に初めて会った人は、口数が少なく、控えめで、恥ずかしがり屋、という印象を抱くはずだ。インタビューはけっして受けないし、文学関係者の昼食会にも、夜開かれる慈善の催しにも顔を出さない。

そんなようすを見かねて、妻のローズマリーは、夫を心地よい繭から陽の当たる場所へ押し出そうと決意したらしかった。彼女は賢い女性で、たいがい自分の感情を押し殺している。ただ、夫の孤独が、創造性を高めるために不可欠な要素であることを理解していなかった。それが、すべての問題の元凶だった。

九月十二日の朝、ウィーバーはいつものように屋根裏部屋の机に向かい、タイプライターと白紙の束を前にした。しかし何か変だった。きょうに限って、言葉が出てこない。昼前に約束が一つあり、その前に二時間ほど書き物をするつもりでいた。

　ところが、思いのほか難しかった。どうも気が散ってしかたない。彼は立ち上がり、痛む手足を伸ばしたあと、屋根裏を歩きまわった。小さな円い窓があり、そこから机の上へ細い光が射している。その窓からは街路を見渡すことができる。彼は窓に近づき、ガラスに鼻を押しつけるようにして外を眺めた。すると、黒い外套を着た男が目に入った。

　いつからだろう？　確か一週間くらい前から、奇妙な感覚に襲われている。得体の知れない存在がいる。自分を追ってくる何かがいる。いまや、目が覚めているあいだじゅう、理屈では説明のつかない恐怖に包まれ、神経を消耗している。モーパッサンの『オルラ』が頭をよぎり、自分はとうとう正気を失いつつあるのでは、と思い始めた。妄想が強まるなか、妻も異常を嗅ぎとった。彼としてはありがたくない展開だ。それでも、きょうまではどうにか自制心を保ってきた。しかし、この十二日の朝、屋根裏部屋の窓からふと外を見たとき、黒い外套を着た不審な男がげんに存在することに初めて気づいたのだ。

　この男については、性別のほかはほとんど不明だった。通りの向こう側の歩道に立ちつくし、こちらの窓を見上げている。服は、丈の長い黒い外套。つばのついた帽子のせいで、顔の上半分が陰になっていて見えず、ひげをきれいに剃ってあることしかわからない。

　ウィーバーは、二階ぶんの階段を駆け下り、玄関のドアを勢いよく開けた。もし男がウィーバーを訪ねて戸口まで来ていたらどうするのか、そこまでは考えていなかった。無意識のうちに、その男と対峙し、恐怖に正面から立ち向かいたいという無謀な衝動が生まれていたのかもしれない。だが、通りには誰もいなかった。男は消えていた。

　秋の冷気とともに、土色の葉が吹き込んでくる。クロード・ウィーバーはゆっくりとドアを閉め、自分ひとりの世界に戻った。

3　三本の電話

その日は一本の電話から始まった。リーズ博士は、ドリスヒルにある自宅にいて、遅く起きたものの、すでに机の前に座っており、受話器を取った。

「リーズ博士でしょうか？」

声だけで、誰なのかすぐにわかった。患者C。小説を書いて生計を立てている男だ。本名はクロード・ウィーバー。どんな作品を出版しているのか、博士はあえて調べないと決めている。

「ウィーバーさん」博士は声色にいらだちをあらわにした。「けさ、約束の時刻に来ませんでしたね」

「すみません。ちょっと用事ができてしまって、行けなかった。もちろん、診療代は払いますよ。でも、きょう行くのは無理そうなんです」

「何か理由でも？」

「申し訳ありません」それだけ言って、患者Cは電話を切った。博士は、かぶりを振ってひとりごとをつぶやき、予約帳を手に取ると、きょうの日付までめくった。「患者C」という名前を見つけ、万年筆で取り消し線を引いた。

「ミセス・ターナー！」と呼びかける。「きょうの午前中の予約がキャンセルになった。代わりにやることはあるかな？」

　使用人のオリーブ・ターナーが、紅茶をいれる道具一式を盆にのせ、機敏な動きで書斎に入ってきた。博士と娘が国境を越えてロンドンに居を構えた一日目から、使用人として働き続けている。几帳面な女性で、ユーモアに欠けると他人から思われてしまいがちだ。しかし博士は、彼女が控えめな愛情や機知の持ち主であると見抜き、そこに魅力を感じていた。言うまでもなく、仕事の面でも有能だ。おかげで家のなかはいつも完璧な状態だし、料理の腕も申し分ない。

「論文がお待ちかねです」とミセス・ターナーがわざと厳しい口調で言った。確かに、有名な精神医学雑誌に載せる論文を一つ仕上げなければいけない。しかし、執筆する本人でさえ、バターナイフのように鋭さに欠ける内容だと感じている。いま診療中の三人の患者がいずれも興味深い症例らしいと明らかになってきただけに、論文のほうは気乗りがしない。

　博士は苦笑した。「いつもながら、きみの簡潔さは素晴らしいよ。そこが気に入って、きみを雇ったんだ。言葉に無駄がない」

　ミセス・ターナーは軽く笑みを浮かべた。「お尋ねにこたえたまでです」

　そのとき、短い沈黙を破って、ふたたび電話が鳴った。ミセス・ターナーが、部屋の中央にある小さなガラステーブルに紅茶のポットやカップを並べ始めるかたわらで、博士は受話器を取った。「リーズ博士だ。どなた？」

　茶器が触れ合う音に混じって、受話器の向こうの声がかすかにミセス・ターナーの耳に届いた。しかし、ごくかすかだった。

「なるほど」とリーズ博士は電話口に言った。「もっと詳しく教えてくれるかね？」

　相手のくぐもった声が、さらに何か話しだす。ミセス・ターナーは好奇心を抑えきれず、背筋を伸ばして聞き耳を立てた。

「なるほど」と博士はまた言い、フレンチドアに視線を向けた。「それは……問題がありそうだ」さっきより長い沈黙。「わかった」と会話を締めくくる。「お待ちしている」そう告げて、受話器を置いた。

　その夜、ミセス・ターナーはこの二本目の電話を思い出し、盗み聞きは行儀が悪いと自制したのを悔やむはめになる。一部分しか聞こえず、断片的にしか覚えていない会話に限って、じつは非常に重要だったとあとで明らかになるものだ。この電話もそうだった。

＊

　博士の娘リディアは、思わず小さな叫び声を上げた。革装のドイツ原語版『悪魔の霊酒』のページをめくっている途中、紙の端で親指を切ったのだ。血がにじみ出し、ページの上に一滴落ちた。彼女は親指を吸って痛みを紛らわせ、活字に集中しようとした。しかし手遅れで、もはや集中力の糸が切れてしまった。

　不機嫌に溜め息をついて、彼女は本を閉じ、棚へ戻した。二階の自室で研究にいそしんでいるところだった。きょうは知識を吸収する日。まもなく精神科医として独立するからには、望ましい患者のリストをあらかじめつくっておきたい、と真剣に考えていた。

　彼女は、ロンドンの上流社会と交わりつつも、一歩引いた立ち位置を確保しようと、意識的に努力していた。純粋な観察者であってこそ、真に理解できる。イギリスの上流階級とは、文化的な二面性を持つ現象なのではないかと、彼女の目には興味深く映っている。上流階級の長老たちは、まるで旧石器時代の部族のように、無意識のうちに社会的な礼儀をわきまえている人々だった。ところが、残酷で大きな戦争のせいで、長いあいだ上流階級を包んできた平穏の殻にひびが入った。いまや、階級間の境界が着々と崩れつつある。と同時に、うわべの礼儀も失われ始めている。

　階級にかかわらず、若い世代――世界大戦の最中や戦後に成人した者たち――は、アナーキズムへの傾倒を深めている。政治の面では社会主義の潮流が押し寄せているし、そればかりか、芸術や音楽など、あらゆるものに対して、個人の自由を絶対視する傾向が強い。

　リディアのいろいろな見解もそのような方向性を踏まえていて、すでに『イギリス人論』という仮題の論文の骨子を書き上げた。ただ、この題名はさすがに大げさすぎるのではないか？　最初の患者――本当の意味での最初の患者――の治療に取りかかりながら、知見を深めたい。彼女はそんなふうに思っている。

　部屋のドアをノックする音がして、もの思いは突然断ち切られた。

　リディアはなおも親指の傷を吸いながら、「どうぞ」とこたえた。

　ドアを開けたのはミセス・ターナーだった。「お嬢様にお電話です」

「変ねえ」とリディアは言った。「階下《した》の電話が鳴る音なんて聞こえなかったけど」

「朝から鳴りっぱなしですよ、お嬢様」若い女主人を気軽にリディアと呼ぶ気にはなれずにいる。

「そう。誰かしら？」

「マーカス・ボウマンさんです」

　リディアは溜め息をついた。「いま話せないと伝えて。あ、それより、出かけたと言ってちょうだい」

「今晩のお迎えの時刻を確認するための電話だと思います。ボウマンさんとデートなさるんでしょう？」

　ふたりきりで食事を、とボウマンが〈サボイ・ホテル〉のテーブルを予約してある。以前から、ロンドンで最高級の料理をリディアにごちそうする約束だったのだが、ゴルフの予定が度重なって、まだ実現していない。ようやく予約でき、きょうに決まったのだ。

「そうね。今夜はあの人とデートしようかな」いくぶん高圧的に、使用人に歩み寄る。「行くから心配しないでと伝えて。八時に迎えに来てくれればいいわ。遅れないように言ってね」

　リディアは軽く微笑んだ。その笑みをミセス・ターナーは翌日になって思い出し、どんな意味がこもっていたのかと思案するはめになる。

4　問題の夜

「マーカス！」リディアは笑顔で恋人を出迎えた。いくぶん高飛車な笑みが板に付き始めている。

「やあ、元気かい？」とマーカス・ボウマンが玄関ドアの外から身をかがめ、リディアの頬に控えめな口づけをした。夜は始まったばかりでまだ八時前だが、空は傷ついた果実のような色に黒ずんで、低く重苦しい。リディアはサテンの夜会服に身を包み、ルビーの首飾りをしている。鎖骨のくぼみにさがった宝石が、街灯の光を受けて輝いていた。

「なかに入ってもらえるといいんだけど」とリディアは言った。「あいにくミセス・ターナーが掃除の真っ最中で、邪魔になるといけないから」これは嘘。掃除なら数時間前に終わっている。使用人のミセス・ターナーはいま、台所で博士の夕食をつくるのに忙しい。リディアはおもてに出て、ドアを閉めかけた。と、そのとき、リーズ博士が廊下に現われ、娘の左肩越しに顔を出した。「こんばんは、ボウマン君」

「これはどうも、博士」

「夕食の予約に遅れちゃう」とリディアは努めて軽い調子でさえぎった。「彼が車で街まで送ってくれるのよ」

「じつは」ボウマンが言った。「タクシーを使おうかと思うんだ。おれの車はここに置かせてもらって。そのほうが、夜を楽しむには都合がいい」

「何でもお望みどおりにするわ」リディアはボウマンの腕の内側に手を入れ、せかすようにして道端まで歩いた。ボウマンが、空いているほうの腕を上げ、タクシーを呼び止めた。博士は玄関に立ち、若いふたりがタクシーに乗り、夕闇のなかを去っていくのを見送った。

　タクシーが見えなくなると、博士は食堂に戻り、ひとりテーブルに座ってシェリー酒を口に含んだ。

「お嬢様のようすが変じゃありません？」ミセス・ターナーがそう言いながら、湯気の立つビーフシチューの皿を博士の前に置いた。

「まあ、わたしの娘だからね。まともな振る舞いを求めるのは酷だろう」冗談交じりではあったが、一面の真理も含まれていた。

　午後九時ちょうど、ミセス・ターナーが博士に夜食を届けた。博士はすでに書斎にこもっていて、ドアのノックにこたえ、「ちょっと待ってくれ」と言った。

　博士が椅子を立ち、足が床をこする音がドアのほうに近づいて、鍵がひねられ、重いマホガニーの扉が開いた。眉間に少ししわが寄り、悩みごとでもあるかのようだったが、それを除けば、ミセス・ターナーが不審に思うところは何もなかった。

彼女はチーズの盛り合わせがのった盆を渡した。博士はドア口をふさいで立ち、明らかに、なかへ入ってほしくないようすだった。礼を言ったあとで博士は、一つ頼みがある、と切り出した。「今晩遅くに来客の予定がある。たぶん玄関に来ると思う。そうしたら、べつに警戒しなくていいから、その男を家に入れて、この書斎まで来るように言ってほしい」

「わたしが案内しなくてよろしいんですか？」

「無用」厳しい指示だった。博士がミセス・ターナーにこんなにきつい言いつけをするのは珍しい。「家に入れて、わたしの居場所を伝えるだけでいい。そのあと、きみは休んでくれ」

　ミセス・ターナーはもう一つ質問しようと口を開いたが、博士はチーズの皿を持って引っ込み、ドアを閉めた。鍵が、かちっと耳障りな音をたてて閉まった。ミセス・ターナーは少しむっとしながら、台所に戻った。

　二時間後、十一時きっかりに、もの寂しい秋雨が降りだし、窓ガラスを濡らし始めた。ミセス・ターナーはまだ台所に座り、ガウンにくるまってココアを飲み、ガス灯のもとで新聞を読んでいる。徐々に夜が更けていった。

　時計が十一時十五分を告げてまもなく、玄関のドアを叩く音がした。うとうとしていたミセス・ターナーは目を覚まして立ち上がり、台所から廊下へ出た。すりガラスに人影のシルエットが映っている。急に恐怖に駆られ、ドアの鎖を掛けたまま、少し開けて訪問者を確認した。

「はい？」と小声でこたえる。

「入れてもらえますか」男が言った。フェルトの中折れ帽を額まで深々とかぶっている。首から口元まで分厚いマフラーで覆っているせいで、声がくぐもっていた。男の細かい特徴は見きわめられない。

「どちら様ですか？」

「リーズ博士に会いに来ました」

ミセス・ターナーは断わりたい気持ちをこらえ、博士の指示を思い出した。しかたなく、ドアの鎖を外し、男を廊下に通した。

「帽子とコートをお預かりしましょうか？」

「いいえ、結構」低いかすれ声でそう言うと、男はまっすぐ階段へ向かった。

「あ、ちょっと！」とミセス・ターナーは呼び止めた。「博士とお会いになるのなら、書斎はそこの廊下のいちばん奥、右側のドアです」

見知らぬその男は立ち止まり、いらだたしげな目つきでミセス・ターナーを一瞥したあと、伝えられた場所へ大股で歩いた。彼女が見守るなか、書斎のドアにたどり着き、はっきりとしたノック音をたてて、すぐに入室した。

一瞬ののち、ミセス・ターナーは好奇心を抑えきれなくなった。忍び足で廊下をつたい、書斎に近づいた。当然、鍵がかかっており、しかも鍵穴は鍵でふさがれていた。それでも、彼女は数秒間、ドアに耳を押し当てずにいられなかった。

「わたしを見て驚いていないようですね」と見知らぬ男の声がした。

「驚くものか」と博士の返事。声量をやや抑えているように聞こえるが、木製のドアにさえぎられているせいかもしれない。「きみを待っていたよ」

「ほう？」短い不穏な沈黙。ミセス・ターナーの激しい鼓動で、どんな言葉もかき消されそうだった。

やがて男がふたたび口を開いた。「この家の使用人が、われわれのようすを探っていますね」

廊下に立つミセス・ターナーは、心臓が止まる思いだった。アドレナリンが急上昇し、恐怖に胸を貫かれて死にそうになり、息もたえだえにその場を離れた。

ブランデーを少量飲んで気持ちを落ち着かせた。台所にひとり座ってからも、心臓はまだ早鐘を打っている。あの男が気になってしかたない。そうこうするあいだも雨は降り続き、ガラスを叩いて、部族の太鼓のような勢いあるリズムを刻んでいる。

敏感になっているミセス・ターナーの耳が、物音をとらえた。書斎のドアの鍵が開き、謎の男が去っていく音。訪問から三十分ほど経っている。台所のドアをそっと開け、わずかな隙間から外をうかがった。帽子とマフラー、コートにふたたび身を包んだ男が玄関へ向かっていく。彼女は後を追って「お見送りします」と声をかけたかったが、行動に移す勇気は出なかった。

廊下の壁づたいに忍び寄り、男が玄関のドアを開けておもてに出るのを見届けた。ドアが閉まった。男のシルエットが遠ざかり、視界から消えた。とたんに彼女は陰から飛び出し、玄関ドアに念入りに鍵をかけた。

そして、博士の書斎へ向かった。ドアを叩いて、声をかける。「博士、何かお変わりありませんか？」

「大丈夫。大丈夫だ」と返事があった。しかし、反応が妙に早い気がする。

「本当に大丈夫ですか？　何かお持ちしましょうか？　寝酒でも？」

「いや、結構。もう用はない」

ミセス・ターナーはしばらく立ちつくしていた。だが結局、自分から話を振ることにした。

「お伺いしてもよろしいですか？　今晩おいでになったのはどなたでしょう？」

しばらくの沈黙。ドアの向こうから息づかいだけが聞こえる。「ただの古い友人だ」ささやきに近い、かすかな声だった。「おやすみ」

ミセス・ターナーは向きを変え、ドアを離れた。自室に下がって、ベッドに入るとしよう。そう思って、彼女が階段に近づいたとき、家のなかの不気味な静けさと、打楽器のような雨音が、けたたましい電話の呼び出し音で打ち砕かれた。彼女は驚いて声を上げ、いちど足を止めた。廊下の壁に取り付けられている電話機に駆け寄ったが、遅かった。もう鳴り止んでいた。博士が書斎の受話器を取ったらしい。柄にもなく乱暴な口調だった。「何の用だ？」

少しのあいだ無言。

「なるほど」博士の声色がやわらいだ。「それで？」

ミセス・ターナーはさっきまでいた書斎の前に戻り、冷たい木製ドアに耳を近づけた。博士が用箋にペンを走らせる、聞き覚えのある音。あわただしくメモを書きつけている。彼女は、内線でつながっている受話器を取って、会話を盗み聞きしたい衝動に駆られた。しかしもちろん、そんな行動はさすがに許されない。

「結構。いいでしょう」と博士は言った。「しかし、もう寝たほうがいい。いやつまり、話を続けるにはもう時間が遅すぎる。明日来てくれないか。十時に。そのときじっくり話し合おう。そう。ではまた」

博士が電話を切った。

ミセス・ターナーはあらためて階段へ向かった。のぼろうと最初の一歩を踏み出したとき、台所のテーブルに本を置き忘れたことを思い出した。溜め息をついて、引き返した。

そして本を片手に、もういちど、廊下を歩いて階段へ向かった。

「きゃあ！」彼女は驚いて、本をつかんでいた手を離した。落ちた本がタイル張りの床の上で音をたてた。

すりガラス越しに縁取られたシルエットが、玄関のドアを軽く叩いている。二人目の客だろうか？

「どなたです？」と彼女は訊いた。

「入れてちょうだい！」女性の声だった。

「どなた？」ミセス・ターナーは再度言う。

「雨が降ってるのよ。お願い、なかに入れて！」

ミセス・ターナーは息を潜めてドアに寄り、震える手を伸ばし、差し錠を外した。ドアが開くなり、女性が家のなかに転げ込んできた。

女優のデラ・クックソンだった。

「よかった」とデラが息をついた。

「まあ！　こんな時間に何の御用です？」

「リーズ博士に会わせて。お願い、緊急事態なの」

　ミセス・ターナーは立ったまま、腰に手を当てて、こつこつと片足を鳴らした。

「まあ、いちおう頼んでみますが、何もお約束できません。博士はまだ書斎にいらっしゃるようですが、ふだん、こんなに遅くまで診療なさいませんから。まあとにかく、お入りになって」

　ミセス・ターナーが先に立って、書斎に向かい、ドアの前で立ち止まって拳でノックした。力強く、三回。

　返事を待った。

「リーズ博士！」とミセス・ターナーは呼びかけた。「お客様です！」

　デラ・クックソンが、あえぐように肩で息をしている。雨音を除けば、聞こえるのはデラの荒い息づかいだけだった。ミセス・ターナーは再度、ドアに耳を近づけた。

「リーズ博士？」もういちど呼びかける。

「何とかしてよ」とデラがせっつく。「博士に会わなきゃいけないの。どうしても」

　ミセス・ターナーはドアを叩いた。ひざまずいて鍵穴を覗いたが、案の定、恨めしいことに鍵が視界を遮っていた。彼女は、タイル床に鼻がつくほど前かがみになって、ドアの下から覗き込もうとした。しかし、見えるのはわずかな光だけだった。「何か変です」と彼女は言った。

　デラを廊下に残し、台所へ向かう。鉛筆と紙の束を持って、三十秒もしないうちに戻ってきた。昔ながらのトリックだ。旧式すぎて、あえて説明するまでもないだろう。紙をドアの下に滑り込ませてから、鉛筆を鍵穴のなかに差し込む。鍵が向こう側に落ちる音を聞き届けると、紙をそろそろと引き、上にのった鍵を手に入れた。ささやかながら、手際のいい裏技。安っぽいパルプ・フィクションの愛読者だけに、このくらいはお手のものだった。

　彼女は立ち上がってドアの鍵を開け、臆さずなかへ踏み込んだ。すぐ後ろからデラも続く。一見、室内は平穏に思えた。明るい照明のもと、机の上に書類が散らばっている。椅子がフレンチドアのほうを向き、博士はそこに座って前かがみになっている。

　ミセス・ターナーは回り込んで、博士の顔を見た。跳ね上がった心臓の鼓動が、デラの叫び声すらかき消した。

　椅子の上で、リーズ博士は息絶えていた。死後まだ間もないようだ。顔はまるで白い仮面。おぞましい深紅の傷で喉が裂け、垂れ落ちた血が胸元に大きな染みをつくっている。目は眠たげになかば開き、手は膝の上で強く組まれていた。

「ドアを閉めてください」とミセス・ターナーは言った。

「何ですって？」とデラがとまどった。

「ドアですよ。こんな姿をお嬢様の目に入れるわけにはいきません」

　言われるがまま、デラは書斎のドアを閉めた。密閉された空間に、女性ふたりと、死体一つ。ミセス・ターナーはすでに受話器を手に取っていた。「ドリスヒル二三一番地です」と彼女は告げた。「アンセルム・リーズ博士が殺害されました」

　さらに詳しく説明するうち、彼女は部屋を見回し、あることに気づいた。

「フレンチドアに鍵がかかっていますね」受話器を置くと同時に言った。

「えっ？」とデラが驚く。

「フレンチドアです。内側から鍵がかかっています」証明するために、彼女は取っ手の一つを握り、がちゃがちゃと音をたてた。開かない。鍵穴に鍵が突き立っている。

「それで？」

「となると、犯人はどうやって逃げたんでしょう？」

「どういう意味？」

「廊下を通って出たはずはありません。わたしがずっといましたから。しかも五分前……いえ、ついさっきまで、博士は間違いなく生きていました。この部屋で、です。だってわたし、博士が電話で話している声を聞きましたから」

　デラも状況を呑み込んだ。「鍵がかかってるはずないわ」手を伸ばし、みずから取っ手に指をかける。しかし、フレンチドアはびくともしなかった。

「内側から鍵がかかっています」とミセス・ターナーは言った。「入り口のドアと同じように」

　デラは振り返って死体を見た。博士は、置き去りにされた操り人形のように椅子に沈んでいた。

　部屋の奥に、棺桶のようなかたちをした木製の収納箱が置かれている。ミセス・ターナーはデラと目を合わせ、顎で軽く収納箱を指した。信じられないとばかり、デラが顔をしかめる。ミセス・ターナーは肩をすくめた。ほかにどこにいるんです、とでも言いたげに。

　ふたりは、毛足の長い柔らかな絨毯をゆっくりと踏みしめながら、収納箱に近づいた。ミセス・ターナーはデラを見て、唇に指を当てた。暖炉の火かき棒を手に取り、頭上に掲げた。そして、デラに小さく頷いた。

　デラが身をかがめ、収納箱の留め金を外した。

　勇ましい雄叫びとともに、ミセス・ターナーは火かき棒をテニスラケットのように振り下ろした。けれども、空を切っただけだった。ふたりして収納箱のなかを覗き込んだ。みごとに空っぽだった。

「じゃあ、犯人はどこにいるの？」デラが声を荒らげた。

　ミセス・ターナーは、握っていた火かき棒を落とした。絨毯が鈍い音をたてた。「わかりません」

「一杯いただける？」とデラが言った。

ミセス・ターナーは、こたえなかった。

「本気よ。お酒を飲まずにいられない」

「棚にシェリー酒があります」ミセス・ターナーはぼんやりと言った。

「もっと強いのはない？」

「台所にブランデーが」

「案内して。この部屋から出たいの」

ミセス・ターナーも同じ気持ちになった。「それが良さそうですね。ここにいても、どうしようもありませんし」

ふたりは部屋を出た。ミセス・ターナーが先に立って台所へ向かった。しかしもちろん、その前に、書斎のドアをきちんと閉めた。ふたたび、密室のなかには博士ただひとりとなった。

ブランデーを一杯飲み終えると、ふたりとも少し気分が落ち着いた。恐怖感は薄れていないものの、この状況に現実的に対処する気になってきた。

「わからないのは、犯人がどこに行ったかということよね」デラが言った。

「消えたんです」とミセス・ターナーはこたえた。

「行き場なんてどこにもありません」

5　誕生《エル・ナシミエント》

　ジョージ・フリント警部補がリーズ博士の家に到着したとき、雨はすでに弱まって小降りになっていた。警部補はさっそく、殺人のあった部屋に通された。博士はまだ椅子に座っており、顔色が発見時よりさらに白くなって、溶けかけの蠟燭《ろうそく》のようだった。

「ひどい有様だ」警部補は誰にともなく言った。そのとおりだった。博士の首は一撃でなかば切断されていた。なのに、死に顔は穏やかな表情を浮かべている。戦争体験で傷ついた老練な警部補でさえ、悪夢にうなされそうな光景だ。

　犯罪に対するフリント警部補の考えかたは哲学的で、許されざるものではあるが、と同時に、社会とは切っても切り離せないものでもある、とみている。たとえば、殺人。ほとんどの殺人は、社会の底辺で起こる卑しい事件だ。謎も魔法もない。被害者とごく近しい人物が犯行に及ぶ。ただしここ数年、あらたな種類の犯罪の流れが芽生えつつあり、霧のようにこのロンドンを覆っている。それは、いわゆる〝不可能犯罪〟だ。おもに上流社会で発生し、たとえば、密室内の異様な状況下で人が殺される。あるいは、雪原で絞殺体が発見され、周囲には片道ひとりぶんの足跡しか残っていない。もはやパズルとでも言うべき殺人だ。

　そういう事件には、フリント警部補はなかなか感情移入できない。知的な距離感が生じてしまう。この種の事件を解決するには特殊な頭脳が必要だが、彼はそれを持ち合わせていない。したがって、解答を見つけるには、よそからの手助けが不可欠になる。

「凶器らしきものは？」と警部補は尋ねた。

「見つかっていません」ジェローム・フック巡査部長

がこたえた。警部補の側近の部下に当たり、足で稼ぐ捜査にふさわしい、長身痩軀の青年だ。

「犯人が持ち去ったか、この部屋のどこかに隠したか……。今夜の謎の訪問者の行方については、どうなんだ？　ミセス・ターナーが不吉な匂いを嗅ぎとった男は」

「情報はまだ何も。制服警官たちが捜査中です」

「よし、何かわかったらすぐ教えてくれ。この部屋はどうだ？　まさかまた、〝蟻の這い出る隙もない密室〟なんていう、馬鹿げたことになっていないだろうな」

「あいにく、その密室です。書斎のドアには内側から鍵がかかっていた。ミセス・ターナーもデラ・クックソンも、そう口をそろえています。そのうえ、ご覧のとおり、庭に面したフレンチドアにも内側から鍵がかかっています」

「しかし、犯人はそこから逃げたに違いない。入り口の扉から廊下へ出たのなら、ミセス・ターナーに目撃されたはず。そう考えるのが道理だろう。ただ、フレンチドアから逃げたとなれば、何らかのトリックを使って外から鍵をかけたとしか思えない」

「その逃走経路はあり得ません。犯行時刻の前後には、しばらく雨が降っていました。窓の外には花壇があって、その先は芝生。水が溜まってぬかるみになっています。ですから、その経路で逃げると、必ず足跡が残ります。ところが、ご覧のように、足跡は一つもありません」

　じつを言えば、庭には足跡が――男性の足跡が――あった。しかし、家にもフレンチドアにも近づいていなかった。当夜、大雨の庭に誰かがいたことは間違いない。だが、それが誰にしろ、足跡がついたのが殺人の前なのか、最中なのか、後なのかは判断できなかった。不注意な警官がうろついた可能性もある。いずれにしろ、それ以上に、犯人の逃走経路が不可解だった。

「なるほど」警部補は、大きく開いた手のひらを合わせ、死体を見つめた。「すると、犯人は幽霊のように消えたわけだ。謎の男が去ったとき、リーズ博士は確かにまだ生きていたのか？」

「はい。ミセス・ターナーとドア越しに話をしています。そのあと、電話で会話する声もしたそうです」

「じゃあ、訪問者が去ってからデラ・クックソンが到着するまでの数分間に殺人が行なわれた。そう推測していいな？」

「どうやらそのようです」

「デラがそんな夜遅くに来た理由は判明しているのか？」

巡査部長は、わからないと肩をすくめた。「彼女は客間にいます。事情聴取をお待ちかねですよ。ミセス・ターナーもいっしょにいます」

デラは、年代物のソファーに座り、華やかさを振りまいていた。まるで、みずから主演する芝居のポスターのように見える。警部補は思わずたじろいだが、すぐに、いつもの無表情なまなざしを取り戻した。

「あなたは、リーズ博士の患者だったわけですね？」

デラが覚悟を決めた表情でこたえた。「そうです。一カ月ほど前から、かよっていました」

「どんな理由で？」

「おこたえする義務はないと思いますわ。今夜ここで起きたこととは何の関係もありません。言えるのはそれだけです」

警部補は穏やかに軽く首を傾けた。「おっしゃらない権利はあります。ただしお断わりしておくと、われわれには、博士が書き残したものをすべて見る権限があります。いっそ、ご自身でお話しになったほうがいいのでは」

けれども、デラの唇は固く結ばれたままだった。

ミセス・ターナーは窓際に座って外を眺めていた。顔色が不気味に青白い。警部補が近づくと、わずかに飛び上がった。「ごめんなさい」と彼女は言った。

「すごく動揺していて」

「構いません。気持ちはお察しします。ただ、今夜の記憶が新しいうちに、少々うかがいたいことがありまして」

ミセス・ターナーが、片手を軽く振って了解の意を示す。「何でもお訊きください」

「今晩の訪問客ですが——デラ・クックソンさんより先に、男がひとり来たそうですね。リーズ博士に会いに。本当に、見たこともない男でしたか?」

「はい、見知らぬ男です。何から何まで奇妙な感じで、顔も、声も……まるで変装しているみたいでした。自分の正体を隠そうとしているように思えました」

「なぜなのか、想像がつきますか?」

ミセス・ターナーは、生気のない瞳を警部補に向けた。「見当もつきません」

「お話によると、リーズ博士はその男が来るのをあらかじめ知っていたそうですね。どんな用件で会うのか、漏らしていませんでしたか?」

「ぜんぜん。でもわたしは、患者さんだろうと思いました。博士は患者さんのリストを極秘にしていました」

「夜間に患者を診察するのも珍しくなかった?」

「いいえ。ふだん、診療時間には厳格でした。だからこそ、うさん臭い気がしたんです」

「しかも、男の行動には何か警戒心を呼び起こすものがあった?」

ミセス・ターナーは少し考えてから言った。「あの男は、手負いの獣みたいでした。不安定に神経をとがらせて、次に何をしでかすかわからない感じがしました。だいいち、この家の勝手を知らなかったんです」

「なぜそう思うんです?」

「博士が書斎で待っていると伝えたら、階段へ向かったんです。いちどでも来たことがある人なら、書斎が一階にあることくらい知っているはず。そうでしょう?」

「確かに」警部補は、皮膚の硬くなった人差し指で顎を叩いた。「たいへん参考になるお話、ありがとうございました、ミセス・ターナー」

警部補はふたりの女性を離れ、ふたたび書斎へ向かった。フック巡査部長も、メモ帳に記録を書きとめながら、あとに続いた。

「さて、と。博士の行動を再現してみよう」警部補は切り出した。「博士は執筆中だった。何を書いていたかは把握ずみか?」

「《エイリアニスト・レビュー》誌に載せる論文をタイプしていました。原稿は未完成——というか、文の途中で切れています。急に邪魔が入ったみたいに」

「そうすると、ミセス・ターナーが夜食を運んできたとき、博士は論文作成の真っ最中だったと考えてよさそうだな。その時点で、奇妙な指示を出したわけだ。これから来る男を案内しなくていい、ひとりで書斎に来るよう伝えてくれ、と。なぜそんなふうに指示したんだろう? 何か思いつくなら、聞かせてくれないか」

巡査部長は考えをめぐらせた。「ミセス・ターナーに会話を聞かせたくなかったのでは? ひとことも耳に入れたくなかった。ふだんから、盗み聞きの癖があったのかもしれません」

「あり得るな。少なくともいちど、書斎のドアの前で立ち聞きしていた。なるほど。よし、彼女はチーズをのせた皿を博士に渡して去った。そのあと十一時十五分、訪問者が玄関のドアをノックする音を聞いた。それまでのあいだ博士が何をしていたか定かではないものの、夜食のチーズをつまみながら論文を書いていたのだろうと推測できる。そこへ、訪問者が到着。博士は彼を書斎に入れ、ふたりで部屋に閉じこもった。ふたりは密かに用件を済ませ、訪問者は帰った。帰る姿をミセス・ターナーが目撃している。彼女は博士のようすを見に行ったが、室内には入れてもらえなかった。ただ、博士が生きていたことは、ドア越しに話をしたのだから間違いない。ええと、それから？　ミセス・ターナーが階段をのぼりかけたとき、デラ・クックソンが玄関をノックして……」

「いえ、違います」と巡査部長がさえぎった。「電話の件を忘れていますよ」

「ああ、そうだ。十一時四十五分に電話が鳴った。通話記録はもう調べたか？」

「はい」メモ帳をめくりながら言う。「少し手間取りましたが、交換手の若い女性と直接、話ができました。発信元はデュフレスンコートのアパートメントでした。部屋の借主は音楽家のフロイド・ステンハウス。博士の患者のひとりです」

警部補は唸った。音痴なうえ、音楽には疎い。「ステンハウスか。さっそく事情を聞いてみないとな。よし、次は？　ありがたいことに穿鑿《せんさく》好きのミセス・ターナーが、電話の話し声を盗み聞きした。その後、彼女は本を取りに台所に戻った。ふたたび廊下に出たとき、玄関先にデラ・クックソンがいるのを見つけた。となると、電話の会話が終わってからデラが到着するまでの二分ほどのあいだに殺人が起こったに違いない。そう考えて妥当だな？」

「はい」

警部補は微笑した。「だが同時に、まったく不可能でもある」

ちょうどそのとき、博士の娘リディアとマーカス・ボウマンが帰宅した。廊下が騒がしくなったことに気づき、警部補はふたりを迎えに出た。厳しい顔つきの警察関係者たちを前に、ボウマンが必要以上に緊張してからだをこわばらせ、落ち着きを失っていたが、リディアはまったく冷静だった。

「何かあったんですか」彼女が言った。

「残念ながら、そうです」と警部補はこたえた。「あなたがリディア・リーズさん？」

「ええ」

警部補は、おごそかに頷いた。「申し上げにくいのですが、悪いお知らせがあります。どこかでお話ができますか？」

リディアは落ち着いたまま、警部補を連れて階段をのぼり、自分の部屋に入った。警部補が立つかたわらで、化粧台の前に座り、アクセサリーを外し始める。

「お父さんが亡くなりました」

「そうですか」

「お気の毒ですが、殺害されたんです。この家の書斎で」

「患者の誰かがやったの？」

単刀直入な質問に、警部補はやや面食らった。「博士の患者たちは凶暴だったんですか？」

「だって、ほかにどんな可能性が？　強盗とか？」

「一つうかがいますが、お父さんに危害を加えたがっていた人物に心当たりは？」

リディアが鏡のなかの自分と見つめ合った。警部補は初めて、彼女の目に涙があふれていることに気づいた。「父はどんなふうに死んだんですか？」冷静で明瞭な口調。

「喉を切られていました」

「いまのところ、容疑者は？」

「まだいません。だからお尋ねしたいんです。博士が恨みを買うような理由に、思い当たるふしはありませんか？」

ゆっくりと、リディアが首を横に振る。

「お父さんの行動に何か変わったところはありませんでしたか？　多少とも心配したり怖がったりしているようすは？」

「父は何も恐れない人でした」

「今晩、来客がある予定でしたか？」

一瞬考えてから言う。「いいえ。わたしが知るかぎりでは」

「誰か来るとはまったく聞いていない？」

「聞いていたら、隠し立てなんかしません」

警部補は思案顔で大きく息を吐いた。「しかし現実には、今晩ふたりも来客がありました」

リディアは鏡から視線を外し、見開いた目を警部補に向けた。「誰です？」

「まず、トレンチコートの男。ミセス・ターナーが家のなかに入れました」

「いったい何者？」

「知らないそうです。ミセス・ターナーが見たこともない男でした。あなたは、誰だと思います？」

「心当たりがあれば言いますから。正直に」

「しばらくのあいだ、その男はきみのお父さんと書斎にこもっていた。会話の内容について、ミセス・ターナーは知りません。どうやら博士は話し合いのようすを秘密にしたかったらしい」

リディアは肩をすくめた。「そうですか。いいえ、父はその件に関して何も言っていませんでした。その男が犯人だと思いますか？」

「そう思えると都合がいいんですが、その男が去った時点ではお父さんはまだ生きていたと考えられます。しかし当然ながら、その男が何者であれ、事情聴取する必要があります」

「もうひとりの来客は？」

「え？」

「今夜、来客がふたりあったとおっしゃいましたよね」

「ああ。もうひとりは博士の患者のデラ・クックソンさんです」

リディアの顎がこわばった。「デラ。あの人は数カ月前からここにかよっています」

「なにやら困ったようすで、ひどく遅い時刻に現われたんです。どうしてもお父さんに会いたい、とね。話をさせてくれと言って聞かなかった。何の話だか、思い当たりませんか？　デラさんはいまのところ非協力的でして」

リディアは、かぶりを振った。「残念ながら見当がつきません。あの人は興味深い症例なんですけれど」

「お父さんは、患者についてあなたに話していたんですか？」

「もちろんです。純粋に、お互い専門家という立場でですが」

「デラさんはなぜ博士と話したがっていたんでしょう？　大ざっぱでよいので何か考えはありますか？」

長い沈黙が訪れた。そのあいだに、警部補は横目で部屋のなかを観察した。大量の本が並んだ棚。大きな衣装だんす。豪華な四柱式ベッド。しかし、ここで暮らし始めて数カ月間経つわりに、どことなく空虚で生活感に欠けている。

「デラが父を殺したと疑っているんですか？」

「正体不明の男が去ってからデラさんが到着するまでの時間に、殺人が起こったと思われます」

「では、おこたえできません。患者に対する守秘義務を破ることは、父の主義に反しますから。たとえそれが父自身の殺人事件の解決につながるとしても」

「リディアさん、どのみちわれわれは博士が書き残したものを調べるんです。目を通すべきものはすべて見ます」

「でしょうね。だとしても、わたしは守秘義務を尊重します。万が一、警察に不適切な情報提供なんてしたら、父はぜったいに許してくれないでしょう」

警部補は頷いた。「もっともです。正直に言うと、わたしはデラさんより男の訪問者のほうに関心がある。その男を特定しないかぎり、犯人の逮捕は無理でしょう。ですから、もし何か――何でもいいですから――思い当たることがあれば、教えていただきたい。ほんの些細な、ごくごく小さな情報でも、こちらとしてはありがたいんです」

　そこまで言うと、警部補は立ち上がった。「きょうはこれで失礼します」ドアへ向かいかけたが、ふと思い直し、後戻りした。「あのう、もう一つだけ。お父さんの書斎に、隠し扉のたぐいはないですよね？」

「どういう意味？」

「廊下に通じる扉と、庭に面したフレンチドアのほかに、人が出入りできるようなところはありませんか？」

「いいえ。そんなものはありません」

　納得して、警部補は頷いた。期待していたとおりの返答だ。「ありがとうございました」

　リディアをひとり残して、警部補は部屋を出た。階段を下りる途中、マーカス・ボウマンがフック巡査部長に次々と質問をぶつけている声が聞こえてきた。

「何があったんだよ、まったくもう。あんたたち、何しに来た？　リディアに何をした？　リディアはどこだ？」

「リディアさんは大丈夫ですよ」と警部補はボウマンに言った。「少しばかり動揺した、それだけです」

　ボウマンが階段に向かった。「それなら会わせてくれ、話があるんだ……」

　警部補は、若いボウマンの胸の中央に手のひらを当てて、押しとどめた。「まだだめです。その前に、あなたにもいくつか質問したい」

「何だよ？　何があったっていうんだ？」

「アンセルム・リーズ博士が亡くなりました。殺害されたんです。ここ一時間以内に」

　さすがのボウマンも黙り込んだ。

「今晩どこにいたのか、教えていただきたい」

「おれは……おれはリディアといっしょだった。ずっと。リディアに訊けばわかる。なんてことだ、まさか疑ってるんじゃないよな、おれが……」

「おふたりで、どこへ？」

「〈サボイ・ホテル〉に行った。ふたりで、そこで夕食をとった」

「そのあとは？」

気まずい沈黙。「クラブ。ソーホー地区の」

「店の名前は？」

「〈パルミラ・クラブ〉だ」

「で、何時にそこを出たんです？」

「つい――ついさっき。だからさあ、ほんの数分前にタクシーで帰ってきた。リディアを家まで送り届けたんだ」

「紳士なんですね」

ボウマンが、うつろな目を警部補に向けた。「いやおれは……自分の車をここに置いてあったし」

警部補はフック巡査部長を片側に連れて行った。「あいつを尋問しろ。それと、この家を徹底的に調べてくれ。徹底的に。足跡、埃のなかの指紋、何一つ見逃すな。わたしは署に戻る」ひと呼吸置いて、付け足した。「そのあと、ある人に会いに行かなければいけない」

「了解しました。ある人とは誰ですか、警部補？」

*

数時間後の朝十時ごろ、ロンドンは霧雨に覆われていた。南西部のパトニーという地区で、フリント警部補はパトロールカーを降りた。目の前には〈ブラック・ピッグ〉という名のパブ。古めかしいものの、堂々たる存在感を放っている。警部補は、入り口脇の泥落とし棒で靴底にこびりついた泥をこそげてから、なかに入った。

バーテンダーの女性が、無言のまま、奥の個室のほうを手振りで示した（彼女は警部補の顔だけは見知っていた。職業はあとで知ることになる）。警部補は、個室につながる低い扉をくぐった。古びた鹿の頭部が、炉棚の上からこちらを見下ろしている。

ひとり腰かけたジョセフ・スペクターが、緩慢な動作でトランプをめくっていた。警部補はその向かい側に座った。

「やつれた顔をしているじゃないか」老いた奇術師がうつむいたまま言う。「ひげも剃っていないようだな」

「真夜中から働きづめでね」と警部補。

スペクターの目線がさっと上がった。「さては殺人事件だな？　被害者はわたしが知っている人物かね？」

「精神科医だよ。アンセルム・リーズ博士」

「リーズ博士が死んだ？　それで、犯人は？」

警部補は、胸の前で両手のひらを合わせた。真剣さを示したいとき、決まってこのしぐさをする。「どうしていま、あなたの目の前に座っていると思う？」

「なるほど……」スペクターが背もたれに寄りかかり、両腕を頭上に伸ばした。指の関節が小枝のようにぼきぼきと鳴った。一つあくびをしてから言う。「洗いざらい話してくれたまえ」

警部補は、前の晩の出来事を細かく説明し始めた。主要な人物については入念に描写した。博士の娘であるリディアと、その婚約者のマーカス・ボウマン。使用人のミセス・ターナー。女優のデラ・クックソン。

その昔、スペクターと初めて会ったとき、警部補は、巧みな詐欺師に接する際の警戒心を抱いていた。なにしろ、スペクターは不気味なものを愛好する変人として知られ、犯罪と超自然現象にまつわる品々を異常なほど豊富に所蔵している。しかし、そのような〝特異性〟を帯びた人物だからこそ、不可能犯罪の捜査にはうってつけなのだった。奇術師と知り合って役立つのは、トリックの仕組みを学べることだ。

けっして世捨て人を気取っているわけではないもの

の、ここ最近のスペクターは、地元にあるいくつかの目立たない場所に引きこもっている時間が長い。もとから住んでいる自宅はジュビリーコートにある。奇妙なかたちの小さな家で、いくぶんゴシック調のずんぐりした石造り。窓に明かりがともったさまは、空洞の頭蓋骨のようだ。もっとも、その光景を目にした人はこのところいないだろう。近ごろの彼は、この〈ブラック・ピッグ〉という薄暗いパブが根城だ。低い天井に梁が渡され、窓には格子状の桟《さん》がはまっている。バーカウンターの向こう側にはもちろん、真鍮《しんちゅう》の蛇口が並び、地下室の樽からビールを吸い上げる古いポンプがごぼごぼと音をたてている。薄気味悪い店と言う人もいるが、奇術師なら誰しも心得ているとおり、明かりの乏しさはマジックにとって最大の味方だ。

「よろしい」とスペクターが言った。「そのミセス・ターナーという使用人は信頼できるのか？」

「ああ、そう思う」

「なぜ？」

「いくつか理由がある。第一に、彼女がリーズ博士を殺したところで何の得にもならない。遺言状を見ても、彼女に関してはほんのかたちばかりの贈与しか記されていない。人殺しなど、とうてい見合わない。第二に、博士の家の使用人になってからまだ五ヵ月しか経っていない。殺しの動機になるほどの強い恨みを抱くには短すぎる。この春、博士がイギリスに来るまで、彼女と博士はまったく面識がなかったことが判明している」

　警部補は続けた。「第三の理由。わたしとしては、これが決定的だと思う。殺人が起きたあと、デラ・クックソンが家を訪れた。すると、ミセス・ターナーは彼女をなかに入れた。もし雇い主を殺した直後だったら、人を招き入れるなんてことはしないだろう？」

「確かに。第一と第二は薄弱だが、三つ目には重みがある。さて、密室はどんな具合だった？　詳細を教えてくれ」

「侵入経路は二つ。廊下側の扉と、庭に面したフレンチドアだ。両方とも内側から鍵がかかっていた」

「ほかには？」

「ない。保証する。あの部屋は何度も調べた」

「道具が使われた形跡は？」

「ない」

「外から施錠された可能性もない？」

「皆無だ。どちらも、鍵穴に鍵が挿さっている状態だった」

「窓ガラスに何らかの細工が施された可能性は？」

「ない。わたしの知るかぎり、博士は完全に密閉された部屋で喉をかき切られた」

　スペクターの顔に笑みが浮かんだ。「わたしが好きな種類の犯罪だね。ほかに、この部屋について知っておくべき特徴は？」

「ありきたりな部屋だよ。机。本棚。ああ、それと収納箱が一個」

「どんな収納箱だね？」

「大きな木製の収納箱だが、もう調べた。完全に空っぽだった」

「なるほど。あとで自分の目で確かめたいものだが。まあ、先を続けてくれ」

「裏庭に二組の足跡を見つけた。しかし、どちらも家のそばに近寄っていないから、事件と関連性があるかどうか見きわめるのは難しい」

「ほかには？」

「デラ・クックソンから詳しい事情を聞き出そうとしたが、口を割ろうとしない。あなたなら何とかできるかも」

「彼女のアリバイなら、わたしが証言できる。昨夜はほとんど、興行主のベンジャミン・ティーゼルの屋敷にいたよ。十一時ごろまで。芝居が終わったあと、みんなで行ったのだよ」

「パーティーのたぐい？」

「そう。ティーゼルはそういう陽気なのをやりたくて、いつもうずうずしている。音楽と踊りと酒と煙草が大好きでね」

「あなたがそんな場に出向くなんて、想像できないな」

　スペクターは微笑し、カードの山を二つに割って、切り合わせた。警部補は知るよしもなかったが、この老練の奇術師はいま、完璧なウィーブ・シャッフルをやってのけ、左右のカードをきれいに一枚ずつ交差させたのだ。「目ざとい観客のために、老人がどれほどの鍛錬を耐え忍ぶか、知ったらさぞ驚くだろう」

「それで、デラはどれくらいの時間、パーティーにいた？」

「はっきりしないが、十時半にはまだいて、十一時にはもう帰っていた」

「タクシーで帰った？」

「だろうな。ティーゼルの屋敷はハムステッドにある」

　警部補は頷いた。「すると、ドリスヒルにある博士の家まで少なくとも二十分はかかったはず。彼女は、電話の直後に到着している」

「電話か」とスペクターは言った。「うむ、それについては後回しにしよう。とりあえず、デラ・クックソンのほうが興味深い。身体検査はしたのか？」

「ハンドバッグの中身は調べた。言うまでもなく、当人は渋ったが。しかし、これといったものは入っていなかった。なぜ訊く？　彼女の犯行を疑っているわけじゃないだろう？　彼女が書斎に忍び込んで博士を殺すなんて不可能だ。たとえ可能だったとしても、わざわざまた玄関に回り込んでノックするとは――」

「決めつけるのはまだ早い」とスペクターがさえぎった。「きみが言うような状況で、彼女が博士を殺したと思えないのは確かだ。しかし、彼女が事件のなかで果たした役割を過小評価しないように用心すべきだろう」

警部補は口を開きかけたものの、何も言わなかった。

「つまりだな」とスペクターが続けた。「昨夜、彼女が博士の家を訪れた本当の理由はわかるかね？」

警部補はゆっくりと首を振った。

「では、そもそも彼女はなぜ博士の患者になったのか、見当がつくかね？ 一昨日の夜は、彼女が主演の新しい芝居『死の女』の初日だった。会場は〈ポムグラニット劇場〉。偶然にもわたしはその製作に関わっている。ヒット作になりそうだ。だから、ゆうべ二日目の夜公演が終わったあと、興行主が自分の屋敷で祝宴を開いた。出演者をはじめ、脚本家、演出家、その筋のお偉方が集まった。

さて、ところがだ。その祝宴の場でちょっとした出来事が起こった。今回の殺人事件にあらたな光を当てるかもしれない出来事が」

「話す気があるなら、じらさないでくれ」

スペクターは、にやりと笑った。「ティーゼルは興行主だ。出し物が上演されるかどうかに生死がかかっている。なのに、けさ、今夜の公演を中止しようと言いだした。どれだけ深刻な事態かわかってくれるかな？」

「殺人より深刻？」

「ティーゼルにとっては、そう言えるだろう。自宅でパーティーをやっているあいだに、泥棒に入られたのだ」

「それがデラ・クックソンとどう関係ある？」

「博士の診療記録をまだ読んでいないのか？」

警部補は首を振った。

「デラには盗癖があるのだ。盗みをせずにはいられない、病的な盗癖でね。〈ポムグラニット劇場〉では公然の秘密だ。症状がこじれてきたので、デラはリーズ博士に助けを求めた。だが、この先はここだけの話にしてほしい。わかってくれるね？」スペクターはそう釘を刺してから、続けた。「昨夜——博士を訪ねる前——デラはほとんど無意味なものを盗んだ」

「もっと詳しく」と警部補は促した。

そこでスペクターはつぶさに経緯を明かした。自身の目で見たことに加え、その場にいたほかの人たちの証言も織り交ぜた。

その夜、ベンジャミン・ティーゼルの屋敷で開かれたパーティーは、徐々に、退廃した雰囲気に覆われだした。舞踏室の中央にシャンパングラスがピラミッド型に積み上げられ、奥でジャズトリオが大音量を発するなか、今回の芝居の出演者や裏方の若い連中が、手足を派手に動かしながら踊りに興じていた。

ティーゼルはホスト役に徹していた。この日のためにしつらえた真っ赤な上着を着ていたから、人混みのなかのどこにいても目を引いた。こういう場面ではいつも、一座の長として、集まった面々のうち、とくに重要な人物のそばに立ち、その人物を会話の網に絡めとって、簡単には抜け出せないようにする。当然、昨夜の標的はデラ・クックソンだった。

一方、スペクターは舞踏室の奥のほうに陣取って、細い葉巻を吸いながら、無料《ただ》酒のリキュールを何杯か空《から》にした。ふだん、不思議なほど鋭い観察眼を持つと自負しているが、この夜のパーティーでは、周囲をそれほどよく観察していなかったと認めざるを得ない。カードやコインを使った古典的な手品でまわりの人々を楽しませることに熱中しすぎ、ティーゼルとデラがふらりとそばを通りすぎても、とくに注意を払わなかった。

ある時点で、ティーゼルとデラがパーティーを抜け出し、二階へ上がっていったのは確かだ。十分間ほど姿を消していた。やがてふたりして戻ってくると、デラはそそくさと別れを告げ、パーティーの場から消えた。それが十一時前後だった。主役の女性が急にいなくなったことに、ティーゼルは少し困惑しているようだった。しかし、一時間後の真夜中十二時に盗難が発覚したときは、困惑どころではなくなった。

彼は舞踏室のいちばん目立つところまで歩いて行き、突然手を振ってジャズトリオの演奏をやめさせた。

「お集まりの皆さん！」ざわめく客たちに向かって大声で叫んだ。「全員、ここを離れないでもらいたい。盗難事件が発生した」

＊

「それで、デラは何を盗んだんだ？」と警部補はせっついた。

「一つだけだ。一枚の絵画。マノリート・エスピナの作品『誕生《エル・ナシミエント》』という絵だ」

「なぜデラが盗んだと言い切れる？」

「ほかに考えようがない。パーティーを抜け出したのはデラただひとり。彼女以外は全員、持ち物検査を受けた」

「外部から泥棒が入ったとは考えられないのか？」

「窓もドアもすべて厳重に施錠されていた。玄関のドア以外は。ただしその玄関も、遅れてきた客をなかに入れるため、ふたりの使用人がずっと脇に立っていた。侵入者はいなかったと証言している」

「なるほど。そいつは奇妙だ」

「じつは先刻、きみが到着する前に、ティーゼルと電話で話した。絵を取り返そうと躍起になっていたよ」

「彼は何と言っていた？」

「この盗難事件を調べてくれと頼んできた」

警部補は、けげんな面持ちで、椅子の背にもたれた。

「それはまた、なぜ？」

スペクターは肩をすくめた。「わたしを信頼している。わたしがこういう捜査に長けていると知っているのだ」

「ほかに何か言っていなかったか？」

「言っていたとも。彼なりに、ゆうべ何があったかを推理していた」

＊

「いっしょに来てくれ。きみにだけ見せたいものがある」

ほろ酔いのデラ・クックソンを腕に抱き、ベンジャミン・ティーゼルは祝宴の真っ最中である舞踏室を後にした。螺旋階段をのぼって小さな個室へ案内する。首からさげた紐に、大小二つの鍵がぶら下がっていた。大きいほうの鍵で扉を開けた。

「どうしてわたしをここに連れてきたの？」暗闇のなかで、デラは戯れるようにささやいた。

「見せたいものがあるんだ。きっと喜んでくれると思う。なにしろ、きみは教養と感性にあふれているから」

一つだけある窓から月明かりが射し込み、まばらな家具を照らしていた。ふだんは使われていない部屋だ。ティーゼルは、狭いシングルベッドの脇にひざまずき、苦しそうにうめきつつ、寝台の下から大きな木製の衣装箱を引き出した。首からさげた小さいほうの鍵でその衣装箱を解錠し、蓋を開いた。「さあ、ごらん」近づくようにとデラに身振りで合図した。

階下からジャズの轟音と踊りの騒ぎが響くなか、彼女はティーゼルの宝物を見た。目にするのはこれが最初で最後だった。ビロード張りの衣装箱の内側に、金色の木枠に入った長方形の絵があった。

「すごい」とデラは言った。

「そうとも」ティーゼルは誇らしげにこたえた。「見事だろう？」

このような傑作を言葉で表わそうとしても、しょせん無駄に終わる。芸術とは、主題とキャンバスのあいだの、つかみどころのないどこかにある。しかしあえて言うなら、その絵には、腕に赤ん坊を抱いた若い女性が描かれていた。女性の顔は磁器のように滑らかで、輝かんばかりの喜びと無垢なる至福により、肌が薄赤く染まっている。目をきつく閉じ、口をすぼめて泣く赤ん坊は、完璧なまでに生き生きと描かれ、泣き声まで聞こえてきそうなほどだった。

「『誕生』。マノリート・エスピナの作品だよ」とティーゼルは言った。「神々しいと思わないか？」

デラは食い入るように絵を見つめていた。

「老いぼれの愚かな自慢ですまないが、価値を本当に理解してくれる誰かと、鑑賞の喜びを分かち合いたくてたまらなかったんだ」

「どこで手に入れたの？」とデラが尋ねた。

「旅先で、この作品の真価をろくに見抜けない人から譲り受けた。どうだい、デラ？　何か感想は？」

「目が……くらみそう」彼女はキャンバスから目を離さず言った。「この絵をどうするつもり？」

「どうするって？　もうわたしのものだ。何もする必要はない」

「まさか、見せびらかしたり、飾ったりしないわよね？」

「これほどの傑作を人前にさらすなんて、はしたない真似はしない。この絵とひそやかに向き合うのは、いわば宗教的な体験だ。それが損なわれてしまう。しかし、見せびらかすという意味では……げんにいま、きみに見せているが」

「ここに、この寝台の下にずっと保管するつもり？」

「デラ、きみは気づいていないかもしれないが、この絵は生きている。呼吸しているんだ。だからこの部屋に、この衣装箱にしまってある。この家で唯一、ぞんぶんに空気を吸える部屋だから。この絵は気難し屋で、日光や温度変化を嫌う。ひび割れたり、丸まったりする原因になりかねない。しかし、月明かりのもとでは、崇高な輝きを放つ」

　デラにも異論はなかった。金色の枠に収まったその作品は、疑問の余地なく、真の傑作だった。

　ティーゼルは満足げに、口角に皺を寄せた。期待どおりの効果が得られたと思った。「正直な評価を聞かせてもらいたい」

「わたしは……」とデラは言い始めた。だが次の瞬間、横によろめき、肘がティーゼルをかすめた。彼はとっさに衣装箱を閉め、鍵を鍵穴に突っ込んで、素早くひねり、『誕生』の無事を確保した。二本の鍵をあらためて首にかけると、デラに目を向けた。

「驚かすなよ。どうした？」

「何でもないわ」穏やかな口ぶり。「心配しないで」視線はティーゼルの胸元を見つめていた。

　ティーゼルは彼女を連れて部屋を出た。ふたたび騒々しさがふたりを包んだ。ところが、部屋のドアを施錠する前に意外な展開になった。

「きょうはもうおいとまするわ」バンドの大きな演奏音が響くなかで、デラが急にそう言った。

「そうしたいなら、構わないよ」とティーゼルは言った。デラが、背丈の低い丸々した彼のからだに両腕を巻きつけ、頰に軽く口づけした。

　玄関へ向かうデラに、スペクターが声をかけた。

「どうしたんだ、デラ？」

「人に会わなきゃいけないの」と彼女はこたえた。

「大丈夫かね？」

　こたえないまま、彼女は出て行った。ドアが勢いよく閉まった。まだ雨は降っていなかったが、おもてはひどく静かだった。デラの靴が石畳を踏み、遠ざかっていく音が響いた。

＊

　一八二〇年ごろに没したマノリート・エスピナは、

後世に名を残す絵を数々生み出した一方で、人生最後の十年間、精神障害に陥ったことでも知られている。最も評価の高い作品『世界の果ての庭』は、現在、国立美術館が所蔵している。しかしいまだ、この作品は、社会の保守的な人々の怒りを買っている。あんなおぞましい絵が、これほど恵まれた環境に置かれるとはけしからん、と。

エスピナは生前、〝錯乱《エル・デスキシアト》〟というあだ名を付けられ、遺した作品群の評価を下げてしまった。エスピナが精神を病んだ男というだけの画家ではないことは忘れられがちで、口元を泡つばまみれにした狂人との印象がなかなか拭いきれない。しかし、『誕生』は、彼の幸せな若かりしころの、人生に闇が訪れる前の作品だ。描かれた母子の姿は、柔らかく繊細な質感を持ち、指で触れられそうにさえ思える。

マノリート・エスピナと聞けば、結局は気が触れて隠遁し、キャンバスに闇と堕落を塗りたくった画家、というのが世間一般が抱く人物像だろう。しかし、ティーゼルが入手した絵は、もっと若く、もっと繊細な芸術家の作品だった。母親に抱かれて泣きじゃくる赤ん坊や、若い女性の瞳に宿る母性愛の真に迫った描写は、布地と絵の具が生み出した効果とはとうてい信じられない。最近は、エスピナの名は、ぼろぼろになった肉体や聖書に描かれた拷問の場面と結びつけられがちだ。異端審問の恐怖、あるいは、邪悪な霊の群れ。しかし、それはエスピナの一面にすぎず、人間の弱さを温かくとらえる才能も持っていたことを忘れてはいけない。いとおしさや愛情。裸の心からにじむ、むき出しの愛。『誕生』のモデルとなった母子が誰なのかは不明だが、その謎がかえって浮き世離れした不思議さを加味し、このスペイン人画家は本当に正気を失うに至ったのだろうかと、見る人に疑問を抱かせる。

唯一、疑問の余地がないのは、ティーゼルが昨夜までその絵を所持していたにもかかわらず、現在は持っていないという事実だ。絵は衣装箱に入れて鍵をかけられ、施錠された暗い部屋のなかに置かれていた。部屋と衣装箱の鍵はそれぞれ一つしかなく、どちらも、ティーゼルが首にかけた鎖にぶら下がっていた。彼がシャンデリアのもとで客たちと踊っていたとき、たしかに鍵が胸元に光っていた。ところが、まるで手品のように、鍵も絵も消えてしまったのだ。

急遽、パーティーは中断され、警察が呼ばれた。その場にいた客は全員——ひとり残らず——警察に尋問され、持ち物と身体を検査された。客たちはおおいに憤慨した。スペクターでさえ、この屈辱に耐えなければいけなかった。しかし、絵は跡形もなく消えていた。尋問と検査を受けていない客は、デラ・クックソンただひとり。

スペクターがこうした経緯を話し終えると、フリント警部補は座ったまま、暖炉の上に飾られた鹿の頭部を見つめ、ひとしきり思案をめぐらせた。

「額縁はどうなった？」と警部補は尋ねた。

「ああ、全部なくなっていたよ。絵も額縁も、みんなまとめて」スペクターはどこかうれしそうだった。

「窓は内側からかんぬきがはまっていた。だいいち、絵を外へ出すには小さすぎる。木製の額縁も含めると、『誕生』の大きさは縦六十センチ、横三十センチ。ところが、部屋の窓はわずか二十センチの正方形だ。とすると、残る可能性は？　絵は、二つの階段のいずれかを使って運び出されたに違いない。もし使用人向けの階段だとすると、舞踏室を横切って玄関まで運ぶ必要がある。いくら馬鹿騒ぎをしていようと、それを全員が見逃すとは考えにくい。だとすれば、ホールにある大階段を使うしかない。しかし、その階段を下りきった場所には、使用人がつねに少なくともひとり立っていた。客の誰かが貴重な大きな絵画を運んでいたら、当然、気づくだろう。というわけで、なかなか厄介な問題になったわけだ。きみもわかってくれるね？」

「ティーゼルから事情を聞く必要があるな」と警部補は言った。

「それはやめたほうがいい」

「なぜ？」

「口を閉ざしてしまうと思う。いいかね、彼は何らかの不正な手段で絵を手に入れた可能性がある。所有している事実さえ秘密にしたがっていたのだから。したがって、もし警察が玄関先で殺人だの何だのと騒いだら、悲鳴を上げて最寄りの弁護士のところへ駆け込むに違いない」

警部補は唸った。「そうかもしれない。さっきの話からみて、絵に保険をかけていなかったようだし。しかし、それがリーズ博士の死とどう関係あるんだ？」

「まだわからない。無関係かもしれない。ただ、否定できないのは、デラ・クックソンが昨夜、二つもの重大な犯罪の現場にいたということだ。美術品の盗難と、不可能殺人。だから、少なからぬ何かを知っていると思う」

スペクターが耳の後ろに手をやると、細い葉巻が一本現われた。それを細い唇のあいだにすべり込ませ、マッチで火をつけた。「ただ、もう少し待ったほうがいい気がする。わたしはデラの性格を知っている——鹿のような森の生き物に似ている。あまり近づきすぎて、強引に迫ると、一目散に逃げてしまう」

「気難しいな、あなたも含めて芝居がらみの連中は」警部補は不満そうに唇をとがらせた。

「さて」とスペクターは言った。「そろそろ行こうか？」

「どこへ？」

スペクターがトランプの束を手に取り、指先をひらりと動かす。トランプは消えた。「もちろん、ドリスヒルだ」

6　蛇男《デア・シュランゲンマン》

リーズ博士の家は制服警官でごった返していた。死体はすでに運び出されていたが、殺された博士の書斎の絨毯には乾いた血がこびりつき、あたりに鉄の匂いが漂っている。昼の明るさを頼りに、フリント警部補とスペクターは室内を入念に調べた。スペクターはマントを着て、銀の杖を持っている。いくら調べても、当然ながら結論は一つしかなかった。博士が死んだ当時、ドアは施錠されていた。窓も同様。いったん鍵をかけると、ドアも窓も開けることは不可能だった。スペクターは空っぽの木製の収納箱も調べた。しかし、見るべきものは何もなかった。

「博士の娘はどこにいる？」と彼が尋ねた。

「居間だよ」と警部補。

「話はできるかな？」

「もちろん」

警部補は書斎を出て、隣の居間に案内した。リディアは彫像のように静かにたたずみ、雨粒に濡れた出窓にシルエットを描いていた。

「あのう、こちらはどなたですか？」と彼女は言った。

「わたしはジョセフ・スペクターといいます」と老人はこたえた。「このたびはお悔やみ申し上げます」

「お気遣いありがとうございます。そういえば、以前にもお会いしましたね。二日前の夜、劇場で……」

彼女は目を潤ませもせず、その夜の出来事を冷徹に分析し、スペクターの質問に臆することなくこたえた。

「わたしが状況を正しく理解できているとすれば」と彼女は言った。「父はあり得ない状況下で殺されたわけですね。不吉な何かの犠牲になった。幽霊に殺されたとでもいうみたいに」

「ええ」スペクターは上品な歯切れのいい口調でこたえた。「それを見きわめるため、ここに来た次第です」

「わたしはひと晩じゅうマーカスといっしょでした。夕食に出かけて、そのあと〈パルミラ・クラブ〉でお酒を飲みました」

「なるほど、そうですか。夕食は、どこで？」

「〈サボイ・ホテル〉です。八時に到着しました。お店の予約帳に書いてあるでしょ。目撃証人だっていくらでもいると思います。十時ごろまでいました。具体的な時刻は、支配人が覚えているはず。お店の前でタクシーに乗りました。残念ながら番号はわかりませんが、ドアマンが知っていると思います」

「そこから――〈パルミラ・クラブ〉に直行？」

「ええ。十分くらいで着きました。店のドアマンがそれを裏付けてくれるはずです」

「そこにいたのは、どのくらい？」

「少なくとも真夜中まで。あいにく、はっきりしません。でも、わたしのアリバイはマーカスが証言してくれるでしょうし、彼のアリバイはわたしが保証します。ふたりいっしょに帰宅しました。あとはご存じのとおりです」

「わかりました。では、お父さんの患者たちについて教えてもらえますか？」

「三人いました――三人だけです。その人たちの事例について、父はよくわたしと議論します――」言ったあと、みずから訂正する。「議論しました。わたしは、父の診療記録も自由に見ることができました。ただし、純粋に職業上の関心からです。おわかりですよね。直接的には、三人の誰ひとり知りません」

「しかし、面識はあるでしょう？」

「診療に同席したことはありません」

「では――最初の患者はどの人です？」

「診療記録で父は〝患者A〟と呼んでいます。コンサート音楽家のフロイド・ステンハウスさん。わたしたちがこの国に来たとき、彼が真っ先に父を探して訪ねて来ました。患者Bはデラ・クックソンさん。ご存じですよね。Cは、小説家のクロード・ウィーバーさん。精神状態を心配した奥さんのはからいで、わたしたちのところに来たんです」

「きみのお父さんが行なっていた治療について、あるていど詳しく教えてもらえますか？」

「父は几帳面に記録を取っていました。全部そろっています。わたしがとくに付け足せることはありません」

「ふだんのようすとか、細かい点で何か気づきませんでした？」

「ごめんなさい」とリディアは言った。「頭がうまく働かなくて」

「何も思い出せませんか？　誰かがお父さんを恨むような気配とか、症状の悪化、暴力に発展しかねない挙動……」

リディアのまっすぐな視線がスペクターを射た。

「診療記録を見てください。こたえがあるとすれば、記録のなかにあるはずです」

「こう言ってはなんですが、こんな状況なのにずいぶん冷静沈着ですね？」

彼女はまばたき一つせず、スペクターを見すえた。

「悲しい現実として、父は、とうの昔に死んでいました。わたしたちがウィーンを離れる何年も前に、思考と感情の一部が死んでしまったのです。肉体の死は、必然的な余波にすぎません」

「どういう意味です？」

彼女は、覚悟を決めるように、溜め息をついた。明らかに厄介な話題を切り出そうとしている。「ウィーンの新聞各紙が〝蛇男《デア・シュランゲンマン》〟と呼ぶ男がいました」

「蛇男？」

「父の患者だった男です。とても面倒な事例でした。もちろん、もう何年も前の話。わたしがまだ十歳だったころの話です」

「ちょっといいですか」とフリント警部補が口を挟んだ。「その話、お父さんが殺された事件に関係ありますか？」

「間違いなく、あります。蛇男は、巨大な蛇に襲われる夢に取り憑かれていました。診療の結果、父は、子供との関係に由来する妄想症、と見抜きました。蛇は彼の子供、つまり娘だったんです。繰り返し見る夢は、父娘のあいだに不健全で陰湿な結びつきがあることを示唆していました。この件はすべて、おおやけになりました。父が詳細な記録を公表したからです」

「それで、蛇男の一件が、昨夜の殺人を引き起こしたと思うのですか？」

リディアは、スペクターに視線を向けたまま、まばたきして唇を噛みしめた。「その当時、父の診療所はウィーン郊外にあり、蛇男は数ヵ月間そこに住み込んで治療を受けていました。集中的な治療を。ですが、失敗しました。父の唯一の失敗例です」

「ということは……蛇男を治せなかった？」

「ある朝、父が蛇男の部屋へ出向くと、ベッドの上で喉を切っていたんです。右手から剃刀がぶら下がっていました。この恐ろしい事件が、父の心に生涯わだかまっていました。蛇男の死よりも、診療に失敗したという無念のほうが強かった。もっと優秀な臨床医なら、あの男の死を防げたはずだと、父はときどき言っていました。治療を最後までやり遂げられなかったことに、父は耐えられなかったんです」

「その蛇男について、もう少し教えてください」

「治療は一九二一年の秋、バッハウバレー渓谷にあった父の診療所で十一週間にわたって行なわれました。もっとも、その事例を公表したのは一九二五年になってからです。気が進まないながらもしかたなく、です。

父のほかの著作と同様、大きな反響を巻き起こしました。けれども、蛇男の身元については、父はけっして明かしませんでした」

「あなた自身は、正体を知っているのですか？」とスペクターが訊いた。

リディアは首を振った。「父は死ぬまで秘密を守り続けました。わたし自身、蛇男が死んだいきさつを聞かされたのは数年前、博士課程に入ってからです。父はそれを、わたしが専門家になるうえでの通過儀礼と考えていたようです。重大な戒めにもなるだろう、と」

「どんな戒めです？」

「神を演じる危うさについて。自分の意志を他者に押しつけようとする危険性について。精神科医が持つ力の本質にまつわる戒めです」

「でもなぜ、お父さんの死が蛇男と関係があると思うのです？」

「わたしの知るかぎり、父は、蛇男が死んだ現場の状況をわたしにしか打ち明けていないはずなんです。もちろん、警察当局は別ですが。そっくりの状況がここで再現されたとなると……」

「偶然にしては出来すぎだ、と」スペクターが言葉を継いだ。

「先ほど言ったように、一連のいきさつは公表されています。記録の写しがどこかこのへんにあるはずです」本棚を順に眺め、やがて革表紙でとじられた一冊を取り出して、スペクターに渡した。彼はすぐに開いて、題名を見た。『アンセルム・リーズ博士の臨床事例』

「お借りしてもいいかね？」

「もちろんです。読んでいただければわかるかもしれませんが、わたしは、父の死が自殺ではないかという思いから逃れられないんです」

警部補とスペクターは顔を見合わせた。

わずかな間のあと、警部補が慎重に言った。「自殺の可能性はきわめて低いと言わざるを得ません。だいいち、書斎から凶器が見つかっていないんです。お父さんが自分で喉を切るのに使えそうなものは何もなかった。それにもちろん、あの夜ここを訪ねた男は誰だったのかという問題も残ります」

リディアは唇の端にかすかな笑みを浮かべた。「父の賢さを見くびっていらっしゃるのではないでしょうか」

「おや、そうですか？」

「つまり……その訪問者が父自身である可能性はお考えになりました？」

警部補は思わず鼻で笑った。「どうしてそんな突飛な発想を？」

「父の真意をつかむのは難しいかもしれません。ただ、父は、ミセス・ターナーをある種の悪ふざけに巻き込んだんじゃないかと思います」

「しかし、なぜそんなことを？」とスペクターは問いただした。「みずから訪問者のふりをして、さも来客があったかのように信じ込ませるとは、いったいどんな理由かな？」

「父は、自殺という概念に深い恥辱感を抱いていました。恥ずべき行為だと。父のような誇り高い人間にとっては容認できない。だから、〝消えた殺人犯〟を演出して、自分の悲しい死の真相がおおやけにならないように画策したのかもしれません」

「そんなことができる人でしたか？」

リディアは、溜め息をついた。「これには病理学と心理学、両方が関わっています。心の問題にかけては、父は卓越した専門家だった。その点を考慮に入れないといけません。いまこうして話しているあいだ、あなたがたの脳のなかを駆けめぐっている思考すべてを、父はすでに検討ずみかもしれないんです。あなたがたは、父が用意した道をひたすらたどっているわけです」

警部補は椅子に腰を下ろした。「裏の裏をかいたというわけですか？　あなたのお父さんは、不可能犯罪をでっち上げて、じつは犯罪なんかでないことを隠した？」

リディアは肩をすくめた。「真相を突き止めるのは、警察にお任せします。わたしが確実に言えるのは、父は死んだということだけです。ただ、蛇男の事件は、現在の状況と鏡映しのように似ていると思いません？　蛇男は喉を切って死んだんですよ。剃刀で横一文字に切り裂いて。暴力的で、じつに残忍な致命傷。首と胴体がかろうじてつながっている状態でした。それほどまでに忌まわしい行為で自分を死に追いやるほど、苦痛にあえいでいたのです。想像できますか？」

「いいや」と警部補は厳粛な表情で言った。「わたしには想像がつきません」

「父は想像できたんです」とリディアは告げた。「おそらく、それを考慮なさったほうがいいと思います」

＊

警部補とスペクターは、ほどなくしてリディアのそばから立ち去った。明らかに、彼女とはもう話すことがない。

「使用人のミセス・ターナーに会いたい」とスペクターが小声で警部補に伝え、ふたりは部屋を出た。

ミセス・ターナーは台所にいた。前夜の出来事は悪夢だったと自分に言い聞かせようとして、精いっぱいの努力をしている。あわただしく動きまわり、埃を払ったり、湯を沸かしたり……。はたから見て〝忙しそう〟と思われるにじゅうぶんな仕事ぶりだった。

ミセス・ターナーの顔立ちは、ひとことで表わすなら〝穏やか〟だ。奥まった目、黒い瞳、いくらか歪んだ上唇。聖書のどこかの場面に出てきそうな、やんわりとした表情に見える。五十代前半で、夫に先立たれ、子供もいない。厚手のワンピースの上に毛糸のカーディガンを着て、髪はきっちりと巻いて後頭部にまとめてある。友人たちから「魚の行商人の声みたい」と揶《や》揄《ゆ》される耳障りなコックニー訛りを話すが、それと対照的に、立ち居振る舞いには慎ましさがにじんでいる。

スペクターは、彼女に仕事を中断してもらって台所のテーブルに座らせ、もの柔らかに質問を始めた。

「女主人であるリディアさんには好感を持っていますか？」

「お嬢様ですか？　ええ、もちろん。優しくて賢いかたです」

「リディアさんは昨夜、若い男性と外出したそうですね。間違いない？」

「はい。きのう連絡が入って、出かける約束をなさいました」

「電話で？」

「はい」

「相手の男性と話をしましたか？」

「ええ。お嬢様が直接話したくないとおっしゃるので、わたしがあいだに立って伝えました」

スペクターは眉をひそめた。「それは妙だと思いませんでしたか？」

「そうですねえ、言われてみれば。でも、ちょっとひねくれ者でいらっしゃるから。ひと筋縄ではいかないんですよ、おわかりになるでしょ？」

「いくらか怒っているようすでしたか？」

「少し。でも、ふだんから、いらいらなさっているふうに見えます。生まれつきですね。大陸の国々の人たちって、そうじゃありませんか。悪い意味じゃありませんけれど」

「しかし、彼が迎えに来たときは、そんなそぶりを見せなかった？」

「わたしはその場に居合わせませんでした。台所で博士の夕食のしたくをしていましたから」

「博士は何を食べたんです？」

「牛肉です。それと、じゃがいも」

「残さず食べました？」

「ええ。しばらくあと、夜食にチーズをお持ちしました」

「さて、ミセス・ターナー。一つ訊きたいのですが——といっても、身構えなくて大丈夫ですよ。ただ、正直にこたえてください。できるだけ詳しく」

ミセス・ターナーが唾を飲む。「わたしが協力できることでしたら、なんなりと」

「昨夜ここを訪れた男について教えてもらいたい」

雷雲が垂れ込めたかのように、瞳が輝きを失った。

「わたしに言えるのは、あんな男は金輪際、ひと目見るのもごめんだということだけです」

7 デュフレスンコート

スペクターとフリント警部補はドリスヒルをそそくさとあとにした。見るべきものはすべて見た、とスペクターは言い切った。それでいて、妙に不満げな表情だった。

「さて、こんどはどこに行く？」車に戻って、警部補は尋ねた。

スペクターは思案した。「電話について何か言っていたね？」

「フロイド・ステンハウスの件だな。患者A。彼からリーズ家に電話があって、殺人のほんの一、二分前に博士と電話で話をした」

頷いて、スペクターは言った。「ならば、次は彼を訪ねよう」車が急発進した。

フロイド・ステンハウスは、ロンドン・フィルハーモニー管弦楽団の一員として世界をめぐる時間が長いものの、そうでないときは、クランリーガーデンズ近くのデュフレスンコートという高級アパートメントで暮らしている。F・W・ムルナウ監督の悪夢めいた映画に出てきそうな、無機質で冷たい印象の建物だ。

六階建てで六十戸からなり、曲線的な玄関部はクォーターハウス広場と向かい合っている。全体としてはアールデコ調を現代ふうにした建築様式で、窓には縦《マ》仕切《リオン》りがあしらわれ、あえて無骨さを打ち出している。こうした上等な住まいなら、浮き世から身を切り離して、肩の力を抜くことができるのだろう。ステンハウスは四階に住んでいる。スペクターは外の舗道から見上げ、窓の位置を確かめようとした。しかし無駄だった。ステンハウスの住居は、建物の裏側にある石畳の中庭に面していて、おもてからは見えない。


スペクターと警部補は大理石張りの玄関を抜けた。警部補が毅然として受付に近づくと、業務日誌を前にした守衛が、値踏みするような目をふたりに向けた。

「何かご用でしょうか？」

警部補は警察の身分証明書を机上に置いた。「フロイド・ステンハウスさんに会いたい」

「面会の約束は？」平然とした口ぶり。

警部補は身を乗り出した。業務日誌に肘がのり、紙の上に皺をつくる。「減らず口をきくな。ステンハウスはどこにいる？」

「四〇八号室。四階です」

スペクターも前かがみになった。「きみの名前は？」

守衛は、泡を食ったようにスペクターを二度見した。こんな質問をされたのは初めてなのだろう。「ロイス。ロイスといいます」

スペクターが一回、指を鳴らし、何もないところから一枚の名刺を取り出した。「ロイス君、数字を一つ選んでくれたまえ。1から10までのあいだから、思いついた数字を迷わずにお願いしたい」

　とまどいながらも、守衛は言った。「7」

「ああ」スペクターはうれしそうな声を出した。「そうだと思ったよ」名刺を裏返すと、そこには7という数字が手書きされていた。「ロイス君、きょうの記念に差し上げよう」名刺を守衛に渡すと、スペクターは足早に受付を離れた。

「どういうわけだ?」エレベーターへ向かいながら、警部補は尋ねた。

「初歩的なことだよ《エレメンタリー》——誰かさんの口癖を拝借するとね。親指の爪のあいだに、ほんの少しばかり鉛筆の粉を仕込んである」

「いや、そうじゃなくて、なぜ守衛に名前なんか訊いたんだ?」

「傲慢。高級アパートメントの守衛のあいだで蔓延している病だ。たまに不意打ちを食らわせると、いい特効薬になる」

　警部補は、ジョセフ・スペクターという人物について興味深い特徴に気づき始めていた。この〝老人〟は、話す相手によって老けたり若くなったりする。どちらが有利かに応じて変わる。ごく微妙な、ほとんど気づかないくらいの変化だが、ひどく効果的だ。若くなるときは、自然な感じに胸を張り、背筋を伸ばす。身長も七、八センチほど伸びたように見える。しかし、もっと驚異なのは、顔まで若返ることだ。皺が消え、瞳の淡い色が濃くなる。銀色の杖は、たんなるおしゃれ道具と化す。

　逆の場合、彼はしぼんで、肉体の衰えが顕著になる。声はしゃがれて震えぎみ。じつに驚くべき変身ぶりだ。みるみるうちに何十歳も老いていく。いろいろな面で、スペクターが演じてみせてくれた数多くの奇術のなかで最も摩訶不思議だ。

エレベーター係の少年は、アメリカの高級ホテルから抜け出てきたかのようだった。金色で縁取られた赤い制服を着て、筒型の小さな帽子をかぶり、顎ひもをかけている。十六歳くらいだろうか。楽しげにかかとを上下させながら、大人ふたりをみずからの領分に迎え入れた。

「ここにお友達でもいるんですか？」エレベーターが動きだしてから、少年は陽気に訊いた。

警部補は少年に目をやり、大儀そうに顎をしゃくった。しかし、スペクターは愛想よくこたえた。「四階に住んでいる男性に会いにきた。ステンハウスさんだ」

「ああ」と少年は言った。「なるほど、そういうことか」

「そういうこと、とは？」警部補は鋭く尋ねた。

「あの人を連れ出しに来たんでしょ？　僕は前々から言ってるんです。あの人、頭のねじが外れてるって」

「ほう、それはまたどうして？」

「あの人……ほら、なんつったっけ……〝引きこもり〟。世の中のすべてにおびえてる。そんな人がこの先、ロンドンで生きていけるもんかなあ」

「きみはなんて名前だ？」

「ピート・ホッブズです」

「ここで働いて長いのか？」

「一年ぐらいです」

「あの人の行動で、ほかに何か変わったところは？」

ピート・ホッブズは目を細め、深く考え込むように眼前の空《くう》を見つめた。「行動の習慣を変えるのがすごく嫌みたい。だって、たとえば先週、業者を呼んでこのエレベーターを修理してもらってたら、そりゃもう世界の終わりみたいな大騒ぎになって。ステンハウスさんってば、エレベーターが使えないとはどういうことだ、とすごい剣幕で守衛に食ってかかってました」

「ほかには？」

「けちんぼだな。チップをくれやしない。年がら年じゅう、くそバイオリンを弾いてばかり。あっ、汚い言葉ですみません」

警部補とスペクターは苦笑い交じりに視線を交わした。「そのくらいかな？」と警部補は言った。

「お粗末ながら、僕が言えそうなのはこのぐらいです」

がたんと音をたてて、目的の階に到着した。伸縮する格子状のエレベーター扉を少年が押し開け、客が降りるのを待った。何か期待するような顔つき。それを見て初めて気づいたふりをしながら、スペクターは半クラウン銀貨を一枚手渡した。「ご親切にどうも」と少年は言った。「神のご加護がありますように」

「どう思う？」ふたり並んで廊下を歩きながら、スペクターが声を落として警部補に尋ねた。

「このステンハウスという男は、リーズ博士が最も力を入れていた患者のような気がする」

ふたりは四〇八号室のドアを叩いた。「誰です？」と返事が聞こえた。

「フリント警部補。ロンドン警視庁の者です」

ドアが少し開いた。部屋のあるじの患者Aは、スペクターが予想していたような人物ではなかった。まずもって、背が高い。感情面でもろいと聞かされていたから、物陰をうろつく小男といった心象を抱いていた。ところが、実際の身長は百八十センチをゆうに超えており、少し腹が出ているものの、手脚は細く角張り、建物の装飾のようだった。

顔は皿のように円く、かなり整った目鼻立ちだが個性に欠ける。小さな子供がヒーローや映画スターを描かされたときに絵にするような、ありきたりな美形。表情に乏しい。黒い瞳はやや間隔が狭く、まばたきが多すぎる。

「警察？　何の用です？」

「アンセルム・リーズ博士の患者さんだったんですよ

ね？」

　ステンハウスが鋭く息を吸った。「〝だった〟……とは？」

「ええ、博士に異変がありまして。じつは、殺されたんです」

　どんな反応を示すかと思えば、何も示さなかった。無言で一歩下がり、ふたりを部屋に入れた。

「このようなかたちでお知らせするのは心苦しいんですが……」と警部補は続けた。「事件は昨夜起きました」

「殺された」とステンハウスは復唱した。その一語を味わうかのように。

「ですから当然、亡くなった医師の患者全員に話を聞く必要があります。誰がそんな凶行に及んだのか、見当をつけるために」

　次の瞬間、ダムが決壊した。ステンハウスが、とめどなく饒舌にまくし立て始めたのだ。「悪いんですが勘弁してもらいたくて、というのも、こんな時間に訪問客を迎えるのは慣れていませんし、この知らせは衝撃的なうえに、ごく個人的な意味でもたいへん心が痛むわけで、なにしろ恐ろしい犯罪、最悪の犯罪ですから、あなたがたが悪魔を捕まえるためなら何でもする、どんなことだってする、そこはわかっていただきたいから、質問だけなら構いませんが、ただ、ほら、リーズ博士は僕にとって英雄、偶像で、僕の夢と秘密と歪んだ脳の恐ろしさを打ち明けられる唯一の人物で――」

　警部補がさえぎった。「事件の発生は昨夜、真夜中ごろでした。あなたはどこにいましたか？」

　ステンハウスは凍りついた。「真夜中ごろ」と繰り返す。気にかかる時間稼ぎ。「真夜中にはここにいました。ベッドのなかに」

「それを証明する人はいますか？」

　ステンハウスのまぶたがぴくついた。「どういう意味です？　正直に言ってるじゃないですか。ここでもうベッドに入ってたんです。なにしろ……」ここで、言葉がとぎれた。

「どうしたのかね？」とスペクターが先を促した。

「十二時前に……電話をかけました」

「その電話について教えてください」

「長いあいだ、僕は悪夢に悩まされてきました。といっても、ふつうの悪夢ではありません。夕暮れどきが怖いんです。悪夢の意味を解き明かすため、博士が尽力してくれていました。僕の脳の分析についても。昨夜、僕は十一時ごろに寝て、ひどい悪夢を見て、十一時半ごろに目が覚めました。あまりの苦しさに、すぐ博士に直通電話をかけました。いま思えば、はた迷惑ですよね。でも、誰かと話さずにいられなかった」

「では、十一時半に博士と話したわけですね。どんなようすでした？」

「いたってふつうでしたよ。あんまり遅くの電話だったので、少しとまどっている感じでしたが、それは当たり前でしょう」

「結局のところ」と警部補は言った。「あなたがひと晩じゅうここにひとりでいたとは証明できないんですね？」

ステンハウスが憤慨した。「エレベーター係に訊いたらいい。僕が外出しなかったと証言してくれるでしょう」

「エレベーターに乗らなかったという証言は得られるでしょうね。でも、ここみたいな現代的な大きな建物には、エレベーターのほかに階段もあるのでは？」

ステンハウスが口元をこわばらせながら言い返す。「じゃあ、守衛に訊いてください。あるいは夜間警備員に。僕が外出しなかったと証言してくれるはず。ひと晩じゅう部屋にいたと。それに、電話の記録もあるんでしょう？」

警部補は頷いた。「誤解しないでください」急に和やかな声になる。「あらゆる事実に裏付けが必要なんです。お気を悪くしたのなら、申し訳ない」

「そうですか。口のききかたに注意したほうがいい。よりによってこの僕がリーズ博士を傷つけるなんて、そんな真似はぜったいにしません。本当に、博士だけが頼みの綱だった。とても高潔な人でしたよ。ウィーンの出身者はみんなそうです。ロンドン・フィルハーモニー管弦楽団の仕事で行ったことがあります。素晴らしい街でした」

「あなたがかけた電話の件ですが」とスペクターは話を元に戻した。「博士は、具体的には何を言っていました？　何か、いつもと違うとか、妙だとか……」

しばらく考えてから口を開く。「遅くに電話したことを叱られました。でも、夢そのものは興味深いと言ってくれました。あとでいっしょに話し合えるように、メモを取っていました。そして翌日、つまりきょう、訪ねてくるようにとのことでした」

「その夢の内容は？」

「それが何の関係があるんです？」

スペクターは、きまりが悪そうに小さな笑みを浮かべた。「なあに、ただの好奇心です。関連などないでしょうね」

「夢の中身は、僕とリーズ博士だけの秘密です。あなたがたと議論したくありません。令状がなければ強制できないはずです」

「たとえ令状があっても、そう簡単な問題ではありませんね」と警部補は言った。

「わかってもらえれば結構です。では、お願いですから僕をひとりにしてください。健康ではないので」

「ステンハウスさん、最近、内装工事をしましたか？」スペクターは部屋を見回しながら尋ねた。窓際に置かれた円い小さな目覚まし時計のところで視線を止める。ステンハウスは窓際で寝てしまうことが多いのだろうか？

「内装工事？　どうして？」

「塗料の匂いがすると思いまして」

「〝幻嗅〟でしょう」とステンハウスは言った。「精神科医に診てもらったほうがいいかも」

まもなくフリントとスペクターは部屋を出ることにした。ステンハウスが近くの棚の上のトレイからスコッチを取り上げ、グラスに注いだ。一気に飲み干したあと、そのグラスを、テーブルの天板を覆う厚手のゴムシートの上に静かに置いた。

建物を出るまぎわ、警部補は受付に立ち寄った。

「ゆうべは勤務していたか？」と守衛に尋ねる。

「はい」とロイスがこたえた。

「夜間、フロイド・ステンハウスさんを見かけなかったか？」

「ステンハウスさん？　見てません」

「この玄関口には下りてこなかった？」

「見かけませんでした。確か、昨夜はコンサートに出演していて。十時ごろ帰宅しました」

「自分のアパートメントに直行した？」

「はい」

「で、二度と下りて来なかった？」

「そうです」

「ここ以外に、人知れず建物から出る方法は？」

「ないでしょうね。ここ以外となると、台所か洗濯室を通るしかない。誰かの目につくでしょう。その二つの部屋には夜通し職員がいたのを知っています」

警部補は、ふむと頷いた。ふたりして建物を出た。

「さて、今回の収穫は？」と警部補は質問した。

「ばらばらな糸が何本かある。まずはベンジャミン・ティーゼルの絵。デラ・クックソンが盗んだらしいが、ほかの人たちの目と鼻の先でどうやって運び出したのかわからない」

「ううむ。蛇男がどうのこうの、という件は？」

「何とも言えない。国も年代も離れているとはいえ、二つの死の類似性は無視できない。しかし、蛇男の事件の詳細がもう少し明らかにならないと、つながりを判断するのは難しい。たとえば、蛇男には家族が残っていて、その家族が、蛇男の自殺をリーズ博士のせいだと恨んでいる可能性も考えなくてはいけないな？」

「リディアの説についてはどうだろう？　手の込んだ自殺をやってのけるほど、博士は悪知恵が働く、あるいは正気を失っていたと思うか？」

「正直なところ、そうは思わない。しかし、わたしだって間違いの経験もある」そう言いながら、スペクターは大股で歩き続ける。

「じゃあ、次はどうする？」締めくくりに、警部補は尋ねた。「デラ・クックソンか？」

「まだよしておこう。わたしたちは患者Aに会ったし、お互い、患者Bとはすでに面識がある。こんどは患者Cの番ではないかね？」

8　患者C

「悲しい現実ですが」ローズマリー・ウィーバーはそう語り始めた。「夫のクロードは最近、別人になってしまっています」

　案内された応接間は、内装が褐色がかった緑で、じめじめとかび臭い空気が漂っている。ジョセフ・スペクターは、こんな薄汚い部屋に出くわしたのは生まれて初めてではないかと思った。ウィーバー家はロンドン北西部のハムステッドにあり、偶然にも、興行主ベンジャミン・ティーゼルの屋敷から数区画しか離れていない。

　ウィーバー夫人が微笑みながら紅茶を注いだ。朝の曇り空から一転、明るく爽やかな天気になった。昨夜降った雨のせいで、空気はひんやりとしてすがすがしい。

「どんなふうに〝別人〟なのです？」とスペクターが尋ねた。

「口数が少なくて、沈みがちなんです。しかも最近、ある奇妙な恐れをわたしに告白しました」

「それはいったい？」

彼女は身を乗り出した。ささやくような声。「自分は正気を失いかけている、と」

スペクターとフリント警部補のあいだを視線が行き交った。

「でもけっして」と語気を強める。「わたしは、夫がそんなふうだなんて思っていません。クロードは心配性なんです。しかも近ごろ、なんだかんだと手いっぱいで」

「そこで、リーズ博士の診療を受け始めたんですね？」

「わたしの提案です。夫の細々した用件はすべてわたしが管理しています。博士との最初の面会も、わたしが手配しました。以後、経過を注意深く観察しているところです」

「クロードさんが暴力的と思われるような行動を取ったことはないですか？」

ウィーバー夫人はあきれたように笑った。「よしてください。うちの夫は、世にもまれな善意あふれる人間です。夫が書く小説とごっちゃにしないでください。作家としての夫は、恐怖やサスペンスを演出するのが得意ですが、実生活では申し分なく行儀のいい英国紳士です。どちらかというと、内気で控えめな性格。注目の的になるのが大嫌いです」

「いま、どこにいらっしゃるんですか？」

「庭にいます。じきに戻ってきますよ」

「そうですか。待つあいだに、もう一つだけ質問させてください」

「どうぞ」

「クロードさんが昨夜どこにいたか、ご存じですか？」

彼女の笑みが広がり、しまいには、あんぐりと口を開いて、笑い顔の仮面のようになった。「出版社の人と打ち合わせでした。まさか、夫が博士の死に関係してるなんて思っていませんよね？」警部補のまなざしを察して、付け加える。「夫ともども、けさの新聞で事件を知りました」

「われわれには、捜査にありとあらゆる手を尽くす義務があるもので」と警部補は権威を振りかざした。

「出版社の人というのは誰です？」

「名前はトゥイーディー。個人的には、どうしても好きになれない人です。がさつなんですよ、あの種の成り金の人たちって、たいがいそう」

ちょうどそのとき、クロード・ウィーバーが部屋に入ってきて、一同はほっとした。フロイド・ステンハウスとは違い、クロードは冷静沈着な人物だった。上着なしのシャツ姿で、唇にゆるく煙草をくわえている。痩せ型で、頭髪が薄くなりかけているが、いくぶん赤みがかった人好きのする顔立ちだ。見知らぬふたりの男の存在に驚いているようすはない。

「お客さんか」と彼は言った。

スペクターたちが名乗ると、クロードはすぐさま状況を把握した。妻の横に座り、ゆっくりと頷きながら、予備の紅茶カップに煙草の灰を落とす。

「奥さんの話では、昨夜は出版社の人と打ち合わせだったとか」と警部補はさっそく本題に入った。

「そう。トゥイーディーとね」

「なるほど」警部補はメモ帳に走り書きする。「で、ここしばらくリーズ博士の診療を受けていたんですね？」

クロードが咳払いをする。急に態度がよそよそしくなった。「まあ、そうです。でも、そのへんはあまり話したくない」

「秘密はぜったいに守るとお約束します。われわれの関心事は、博士を殺した犯人を捕まえることだけです。定期的に顔を合わせていたのなら、博士の私生活についても多少ご存じなのでは？」

「まったく知りません。博士はプロです。目の前の問題に集中していました」

「まさかとは思いますが、博士が何か不穏なことを口にするのを聞きませんでしたか？　身の危険を感じるとか。敵がいるとか……」

「いやいや、そんな馬鹿な。博士がこの国に足を踏み入れてから、まだ間がないんですよ。極端な言いかたをすれば、まともに会ったのなんて身内の人と患者くらいじゃないですか」

「博士の娘さんに会ったことは？」

「見かけましたよ。とはいえ、廊下でばったり会ったか何か、その程度です。若くて魅力的な女性ですね」

妻の視線を避けながらそう言ったあと、ひとこと加えた。「少し気まぐれですが」

「印象として、彼女は暴力を振るう可能性がある人だと思いましたか？」

「あのですね」クロードは膝に両肘をついて身を乗り出した。「リーズ博士の診療を受けて、わたしが学んだ事柄が一つあるとすれば、それは、どんな人間も何をしでかすかわからない、ということです」

　ここで夫人が割って入った。「うちの人は最近、あれやこれやで忙しくて。精神的に少し参っているんです」

　クロードは咳払いをした。「妻がわたしをかばおうとする気持ちもわかります。でもじつは、わたしはもう、自分の短所と折り合いをつけました。わたしは孤独を好む男です。出版社との付き合いなんかを考えると、そういう性格が足かせになる恐れもあります。しかし半面、大きな長所になる場合だってある。リーズ博士は、自分自身と納得のいく妥協点を見つければいいと教えてくれたんです」

「べつに、〝人間嫌い〟なんて単純な話じゃないんです」と夫人がまた口を挟んだ。「ねえ、説明したら?」

クロードは溜め息をついた。じっと座ったまま、しばらく気を落ち着けた。「〝遁走状態〟という医学用語を聞いたことがありますか?」

警部補はゆっくりと首を横に振ったが、代わってスペクターがこたえた。「時間が飛んでしまうのでしょう? 一時的に、記憶や人格を失う」

「そのとおり」腹をくくったふうに話しだす。「この一年間、わたしはそんな状態に陥っています。言うまでもなく、不安でたまりません」

「珍しい症状ではありません」とスペクターが言った。「とりわけ、作家のあいだでは。真っ先に思い出されるのがクリスティー女史です。十一日間も行方不明になり、やがて発見されたものの記憶がなかった。確か、一九二六年の出来事です。『アクロイド殺し』を出版したころです。本を宣伝するための演出では、という憶測もあった」

「アクロイド?」と警部補は言った。「ああ、読んだよ。何もかも、いんちき臭かった気がする」

「そうかな?」とスペクターは受け流した。「わたしは、傑作だという評価に賛成だが」

「わたしたち、クリスティー女史と知り合いなんです」と夫人が切りだした。「彼女もわたしの夫も〈イギリス推理作家クラブ〉の世話役のような立場で」

「あなたの場合、遁走状態はどんなふうに現われるのです?」とスペクターが、ようやく今回の会話に興味を持ったかのように身を乗り出した。

「最初は去年の一月でした」とクロード。「いつのまにか、バーモンジーの街にいました。どうやって行ったのか、さっぱり思い出せません。その日はトゥイーディーに会うはずだったのに、ぜんぜん方向違いの場所へ行ってしまって。気がついたら、ポケットに電車の切符が入っていた。それと、〈ロビンソンズ〉の紙マッチ。ほら、有名な紳士クラブですよ。わたしは当然とまどって、自分の行動をたどろうとした。ところが、記憶が戻らない。わたしと会ったり話したりした人も見つからない。数時間が空白でした。消えてしまったんです」

「以来、似たような経験が続いている？」

「数回です。実害はまったくありません。深酒して記憶をなくし、翌朝、頭がずきずきして目覚めるのと大差ないでしょう。ただ、わたしは酒を飲みません。だから、こういう遁走状態のせいで心の平穏が大きく乱れました。妻に心配をかけたのは言うまでもありません。おまけに、執筆が進まない。思考も働かない。また自分を失ってしまうのではと不安になり、遠出もできず、何も手につかない……」

　警部補は咳払いをした。「しかし、確認しておきたいんですが――博士が殺された時刻の居場所については、自信を持って断言できますね？」

　クロードが平常心に戻り、気さくで和やかな調子になった。「それは保証できると思います。嘘偽りございません、とね。でもどうせ、警察としては徹底的に裏付け捜査をするんでしょうが」

　警部補は警戒ぎみに笑みを返した。「その点はもちろん、おまかせください」

9　診療記録

「何もかもわからなくなってきた」ふたりしてウィーバー家をあとにしながら、フリント警部補は口をとがらせた。「いっそ自殺説を信じたいくらいだ」

　ジョセフ・スペクターが大笑いする。「ああ、あの自殺説ね。確かに独創的な説だ。それは認めよう。しかし、あまり現実的ではない。だってそうだろう、自殺ならなぜ刃物が見つからないのか、リディアは説明できなかった。それに、謎の男性客は家を出て行って、どうやら戻ってきていない。もしその客がリーズ博士の変装なら、どうやって部屋に戻った？　フレンチドアの側に回り込んだとは考えられない。土砂降りの雨のなか、そっちへ行っていれば、ぬかるみに足跡が残るはずだ」

　警部補は、むっとした。「そう責められても困る。わたしの推理じゃないんだから。でもいまのところ、わたしもあなたも、それよりましな説は思いついていない気がする」

「リディアは興味深い指摘をした」記憶をたどりながら、スペクターは言った。「蛇男の件だよ。二つの事件には、間違いなくある種の対称性がある――少なくとも表面的には。詳しい資料を読んでみないといけない」

「資料ならここにある」警部補はリディアが貸してくれた革装の本をスペクターに渡した。「持って行ってくれ。わたしは、読む気などさらさらない」

　スペクターはそれを受け取り、上着の内ポケットへ滑り込ませた。

「もう一つの謎は」と警部補。「リディアがマーカス・ボウマンのどこを気に入っているのかだ。とことんまぬけな、ごますり男なのに」

「心の機微というものは、理屈では割り切れないのではないかな。わたしは奇術師だが、みずからつくり出したどんな謎と比べても、人の心こそ永遠の謎だ」

「リディアはボウマンの銀行通帳に惹かれたわけではない。それだけは確かだ。資産家の生まれだが、浪費癖があるし教養も低い。まあ、オックスフォード大学の出身ではあるが、わたしの経験上、ただ毎日授業に出ていれば賢くなれるわけじゃない。ボウマン家は由緒があり、その信託財産のおかげで、最近のいろんな問題をどうにか切り抜けている」

「どんな問題だね？」

「遊び好きが目に余るんだ。ほら、あの大きな黄色い愛車を見ただろう？　そのうえ、驚く話じゃないと思うが、賭博に夢中だ。お気に入りはポーカー。もっとも、ポーカーからは好かれていないらしい。この半年間、大勝ちしたことがなく、負けが込んでいる」

「ふむ」とスペクターは言った。「ならば、突然、上流社会の裕福な女性と結婚したい衝動に駆られるのも、それなりに納得がいく」

「だけど、女性側があいつに惹かれる理由がさっぱりわからない。リディア・リーズみたいな娘を吸い寄せる魅力なんてどこにあるのかな？」

「リディアが父親への反抗心にとらわれているせいかな。ボウマンは、斜陽の上流階級が産み落とした出来損ないだ。家柄をちらつかせなければ、にっちもさっちもいかない。これといった知識もなく、技能もなく、機知もない。駆け引きがうまくて知的なリディアとは正反対の人間の象徴だ。亡くなったリーズ博士の遺産分与は、遺言ではどうなっている？」

「ボウマンには何もなし。すべてリディアが相続する。何もかもだ。家も金も。そして木も」

　スペクターはしばらく考えた。「すると、財産が目当てで殺されたと仮定すれば、有力容疑者はただひとりに絞られるわけだ」

「だけど、リディアには借金がない。何も欲しがっていなかった」

　警部補はこう続けた。「ただし、だ。ボウマンの借金が、われわれの予想よりひどい状態だったら、話は別だ。リディアが受け取る遺産のおこぼれにあずかるために結婚を急いでいたのかもしれない」

「リディアがそんな策略に乗るとは思えないが」

「まあね。ただしボウマンは、うぬぼれ屋だ。自分の能力を過大評価しがちでもおかしくない。父親を殺すことがふたりにとって最善の選択だ、とリディアを丸め込む自信があったのかも」

「いわゆる感応精神病《フォリアドゥ》の一種か。それはまあ、もっと奇妙な事件も過去には例があるがね。だが、アリバイはどうなる？」

「いまのところ、お互いに相手のアリバイを申し立てているにすぎない。崩すのは難しくないと思う」


　ふたりは、警察の車を呼んで乗せてもらい、ロンドン警視庁へ向かった。車中、警部補は窓の外を見つめ、不機嫌に押し黙っていた。スペクターは革表紙の資料を読みふけった。

　資料にまとめられた詳細な診療記録は、リーズ博士が心理学者として高く評価される土台になった。最初は一九二五年ごろに英語で発表された。革表紙の豪華本で、パリやロンドンなどの文化都市で必読書となった。理路整然とした洞察のなかに、匿名の患者たちの性生活がつづられており、その猥雑さが通俗的な興味をそそった。というのも、実名が非公開とはいえ、博士の患者はすべて名家の生まれで教養が高い人々だと知られていたからだ。信望のある、ことによるとかなりの権力を持つ人々。ただ、具体的に誰であるかは霧に包まれていた。リーズ博士は、彼らの子供時代や性生活のきわめて私的な部分をためらいなく明かす一方、身元についてはけっして暴露しなかった。そこで世間は、患者の神経症の特性に応じて、勝手な呼び名をつけた。幼少時の不愉快な事件のせいで蜘蛛恐怖症にかかった女性は、童謡マザーグースに出てくる蜘蛛嫌いの女の子になぞらえて〝ミス・マフェット〟と呼ばれた。〝下着マネキン〟と命名された男性は、子供のころ、母親のコルセットを拝借して着けていたのがばれ、それが負い目になって、社交界デビューをためらっていた。続いて登場するのが、例の〝蛇男〟だ。

「蛇男が今回の殺人事件と関係あるとは思えない」と警部補はつぶやいた。まるでひとりごとのように。

「だって、そいつが死んだのは何年も前だろう？　イギリス人ですらない。それに、リディアはどうして蛇男をそんなによく知っているんだ？　当時はまだ十歳だったのに」

「忘れているようだが、リディアは、リーズ博士の娘であると同時に教え子でもあった。博士の成功例も、失敗例も学んでいた。博士自身と同じくらい詳しい知識を持っていてもおかしくない」

「だけど、死因を除けば——そりゃあ、派手な死にざまだが——二つの死を結びつけるものは何もない。海を隔てて、国も違う。しかも、ずいぶん昔の出来事だ」

「そう、そのとおり。しかしながら、捜査線上に浮上しているのは強迫観念の持ち主たちだ。その点を肝に銘じなければいけない。そういった人たちにとって、時間など無意味なのだ」

ロンドン警視庁に着いたとき、スペクターは資料を読み終えていた。階段をのぼりながら、警視に概要を説明した。

「リーズ博士は文筆に長けていた。ほんの数段落で読者を引き込み、まるで診察室にいるような気分にさせることができる。おかげで、蛇男に関してだいぶいろいろと把握できた。当の哀れな蛇男よりも、症状がつかめたと思う。ただ、蛇男の本名がわからない。二つの事件が結びつくかどうかを調べるうえで、どうしても必要な手がかりなのだが」

「じゃあ、つながりがあると思うのか？」

「つながりがあるか、あるいは、つながりがあると何者かがわれわれに思い込ませようとしているか。いずれにせよ、蛇男についての情報が多ければ多いほど、ありがたい」

「わたしの印象では、われわれが探している人物は異質な存在だと思う。想定している状況にそぐわない誰か。デラ・クックソンに関しては間違いないかな？」

「彼女が十一時ごろまでベンジャミン・ティーゼルの屋敷にいたことは確かだ。屋敷はハムステッドにある。ドリスヒルの博士宅まで行くとなると、タクシーを飛ばしても三十分はかかる」

「うむ」警部補は困惑の色をにじませた。「するとデラは、派手なカクテルパーティーから精神科医の家へ直行した。盗んだ絵をどこか秘密の場所に預けるために、おそらく多少は寄り道しただろうが。なぜ彼女はドリスヒルに現われたと思う？」

「さあね。本人に訊いてみたか？」

「もちろん訊いたよ。でも、あなたの考えが知りたい。この種のことにかけては勘が鋭いから」

スペクターは微笑した。「お褒めの言葉をどうも。デラが犯人であろうとなかろうと、絵の盗難はまったく別の問題に思える。彼女がリーズ博士を訪ねたのは、もしかしたら事前に約束をしていたからでは？」

警部補は首を振った。「博士が書き残したものには、そんな予約は書かれていない。もちろん、誰か来客を待っていたのは確かだが」

「いい指摘だ。博士が待っていたのはあの正体不明の男だと、はなから決めつけていた。でもじつは、その男の訪問は予想外で、博士と約束していた相手はデラだったかもしれない」

「しかし、デラが来る予定だったら、博士はミセス・

ターナーに素直に話したはずじゃないか」

スペクターは肩をすくめた。「かもしれないが、違うかもしれない」どうやらこの点はここで行き止まりらしかった。

「ずっと考えていたんだが」と警部補は切り出した。「この事件全体を通じていちばん異質な存在はマーカス・ボウマンだと思う」

「なるほど、そうだね」

「ボウマンは金融業者を名乗っているが、それは名目上にすぎず、ろくに働いていない。たんなる遊び人。酒とゴルフに明け暮れている。リディアとの交際は不可解だが、同じくらい理解しがたいのは、今回の一連の流れに出てきた精神科医、芸術家、その他もろもろの人々に、彼がどう関与しているのかだ」

「どんな芸当に引っかかってリディアが目をくらまされたのかは、本当に謎だ。わたしもそう思う。若気の至りという以外には考えがたい。せいぜい推測するなら、ボウマンが父親とは対極の存在だからだろうか。堅苦しいインテリとは正反対の男だから」

「そこだよ」警部補は、まるで相棒がようやく有益な事実に思いいたったかのように、立てた人差し指を小刻みに振ってみせた。「何か匂う。そう思わないか？」

「何とも言えないね。まずは本人に会ってみないと」

「都合のいいことに」と警部補は言った。「ボウマンはわたしの執務室でお待ちかねだ」

＊

事情聴取の手はずは前の晩のうちに整えてあった。ボウマンが、ドリスヒルで死体と一つ屋根の下にいたくないと言い張ったため、翌朝ロンドン警視庁に出頭して事情を話すという条件で、帰宅を許可されたのだ。午前九時と指定された彼は、当然、不満をあらわにし、粘ったすえに昼十二時台に変更させた。実際に彼が姿を見せたのは十二時半だった。

いま、ボウマンは警部補の執務室に腰を下ろし、部屋の主であるかのように椅子にふんぞり返っている。警部補は腕組みをして立ち、自分の領分を見張っている。スペクターは控えめに隅に座り、トランプをリフルシャッフルしている。とはいえ、一言一句に聞き耳を立てていた。

「リーズ博士の患者の誰かに会ったことは？」警部補は、ひとまず大まかな質問から入った。

「そんな光栄にはあずかってないよ。きっと個性豊かな方々だろうけど」茶化すかのような口調。

「家に出入りするとき、偶然ばったりなんてこともなかったわけだな」

「あんたがどう思い込んでるのか知らないけど、おれはドリスヒルにたいして〝出入り〟なんかしてない。いやもう、博士にあんまり好かれてなかったんで」

「出入りしてない？　リディアと婚約して以来、足しげく家を訪れていただろう？」

ボウマンが肩をすくめる。「たいていは車でリディアを迎えに行っただけ。ワインと食事ってところさ、まったく！」

「デラ・クックソンと顔を合わせたことは？」

「デラ……？」

「クックソン」

「女優の？　いや、会ってないと思う。でも、このあいだ芝居で見たよ、そういえば」

「彼女は博士の患者のひとりだった。家で会ったことは、一回もない？」

ふたたび、おどけて肩をすくめる。「正直なところはさ、どっちとも言えないんだ。人の顔を覚えるのが苦手なんで」

警部補は、冷えきったまなざしでボウマンを見やった。「フロイド・ステンハウスはどうだ？」

「知らない。そんな変わった名前なら、さすがに覚えてるはず」

「クロード・ウィーバーは？」

「作家だよな？　リディアが熱心にそいつの本の話をしてたっけ。スリラーとか血なまぐさい殺人事件とか書いてるんだろ？　博士をあんな目に遭わせた犯人は誰なのか、訊いてみたら？」

「直接会ってはいないんだな？」

「文学には、とんと興味がなくてね。いやもう、おれ、本はあんまり読まないんだ。大学に入る準備で勉強してたころからそうだった。先生から、もっと本を読めとがみがみ言われたっけなあ。人生あとで困るぞ、って。そんなもんかな？」

「あいにく、回答できる立場ではない」とだけ警部補はこたえた。もっとも、本音を言えば、この点ではボウマンと同意見だった。

「そもそもリディアとどこで知り合った？」

　ボウマンは椅子に背を預け、話したくてたまらない話を始めるかのようにくつろいだ。「出会ったのはソーホー地区の〈パルミラ・クラブ〉。あんたも知ってるんじゃない？　アメリカ人なら〝活気があって、こぢんまり〟とか評しそうなクラブだ。いかした音楽が流れてる」

「誰かに紹介された？」

「ううん。突然ばったり、ってやつ。いやほんとに、店のどこかでぶつかりそうになった気がする。例によって、記憶が定かじゃないけど」

「結婚する予定なんだろう？」

「順調に進めば、来年には」

「それはおめでとう」警部補はスペクターの視線を受け止め、ウインクした。「さて、きのうの夜はどう過ごしたか教えてくれるか？」

「ふたりで〈サボイ・ホテル〉に行った。とびっきりの夕食だったよ。オヒョウ料理」

「それから？」

　これ見よがしに、ボウマンは顔をゆがめた。あらゆる記憶を呼び覚ます努力をしてるよ、と言いたげに。

「そのあと〈パルミラ・クラブ〉に行った。おれたち、すっかり常連でさ。いやもう、楽しかったよ」

「そりゃあ、結構」と警部補は言った。「何時までいた？」

「ここに戻ってくる直前まで。何時かな。よくわからない」

「リディアとはずっといっしょだったのか？」

「もちろん、いっしょだったよ。何か疑ってるわけ？」

　警部補はひるまなかった。「途中でどこにも寄り道しなかったか？」

「しなかった。タクシーを拾って〈サボイ・ホテル〉から〈パルミラ・クラブ〉に行って、別のタクシーで〈パルミラ・クラブ〉からドリスヒルに戻った。リディアを送り届けなきゃいけなかったし、おれの車を駐めてあったから」

「ドリスヒルに戻るとき乗ったタクシーのナンバーを覚えていないだろうな？」

「まったくさあ、おれいま、なんでいろいろ訊かれてるわけ？　誰かがあの老人をくたばらせた。そりゃお気の毒って感じだけど、こんな大騒ぎをするほどのことかな？」

「あなたの婚約者は、そんな反応にいい顔をしないと思うよ、ボウマンさん」

「いい顔しないだろうな、まったく」とボウマンは言った。そのあと、ひとりごとのように小声で付け加えた。「いや、意外にそうでもなかったりして」

＊

　フリント警部補とスペクターがドアを入ると、〈パルミラ・クラブ〉の経営者は驚くほど愛想よくふたりを迎えた。このクラブは歴史が古くて逸話に事欠かず、警察の手入れを何度となく受けてきた。にもかかわらず、経営者はてきぱきと、もちろん店のおごりで飲み物を用意し、警部補が取り出したリディアとマーカス・ボウマンの写真を眺めた。

「ああ、このふたりなら来ましたよ」

「何時に？」

「はっきりとは言えませんが、十時ごろに飲み物を出した覚えがあります」

「前にも見た顔だった？」

「ええ。ここしばらくの常連さんなんで、間違いありません。ダンスフロアで踊って、騒ぎを起こしてましたよ」

「騒ぎというと？」

「いや、なあに。酒が入ってのおふざけでしょう。こぼれたシャンパンの上を滑ってみたり……。若い連中がよくやるんです」

　警部補は横目でスペクターを見て言った。「リディアらしくないね」

「ああ。しかしマーカス・ボウマンには似つかわしい」

　そろそろ外が暗くなってきた。「さて」と警部補は言った。「わたしは警視庁に戻って、このちんぷんかんぷんな事件に考えをめぐらすとしよう。あなたは、どこか行かなきゃいけないところでも？」

「家に帰るつもりだ」とスペクターはこたえた。「読みたいものがある」

＊

　その夜、スペクターはジュビリーコート地区のこぢんまりした自宅で、暖炉のそばの肘掛け椅子に座り、アンセルム・リーズ博士が残した診療記録をあらためて読み始めた。

もっとも、おおやけに出版された本と違って、蛇男は出てこない。博士がロンドンに来てからつけていた手書きの記録だ。対象は患者Ａ、Ｂ、Ｃの三人。博士の筆跡を読み解くと、こんなふうに書いてあった。

患者Ａは、たぐいまれなる音楽の才能を持つ一方、強度の罪悪感にさいなまれている。この罪悪感は何に由来するのか。これほどまでの心理的な重圧を生む要因は、最近の患者Ａの私生活のなかには見あたらない。ことによると、卓越した音楽的な才能が、重荷となってのしかかっているのであろうか（かく言うわたしも彼の信奉者であり、面識を持つ以前からレコードを数枚所有している）。両親は特筆すべき才のない者たちであったと聞く。よって、患者Ａの非凡さは驚異といえよう。しかしながら、彼は社交的でなく他人とは距離を保つ性格であり、恋愛にもおおよそ関心がない（かつて婚約者がいたが、何年か前に逝去したとのこと。本人はつまびらかに語りたがらない）。

そもそも患者Ａがわたしのもとを訪れた理由は、繰り返し悪夢を見るせいである。彼はそれを〝夜の悪魔〟と呼ぶ。彼のトラウマを解き明かす鍵はこの夢にあるに相違ない。核心は、前記のごとき夢の場面に再三登場する彼の父親であろう。けれども、状況や展開があまりに異様、あまりに奇怪であり、筋の通った説明の入り込む余地などないとさえ思われる。

若き患者Ａは、なにゆえこれほどまでに異常を来しているのであろうか。彼の脳内では、象徴や観念が、猫のゆりかごにのせられたがごとく、絡み合い、もつれ合い、なおかつ始まりも終わりも持っていない。そうした夢をいくら文章にしたためようとも、意味を解明することなどできまい。

「クロチルデ！」とスペクターは呼んだ。「ちょっと来てくれ」

　世話係がやってきて、おとなしく立ったまま、次の指示を待った。スペクターは手元の記録の一節を見つけた。「ここの部分を聞いてもらいたい」咳払いをしたあと、読み上げ始める。「夢のなかで、僕は湖畔に座っている。目の前にイーゼルがあり、キャンバスの絵は未完成。僕は絵を描いているのだ。早朝で、水面に薄っすらと霧がかかっている。突然、拳を突き立てられたかのように、不意の恐怖が胸に刺さる。キャンバスを見ると、湖の絵ではなく、ランタンを持ってフードをかぶった人物の絵だった。その人物が、絵のなかから僕を見つめている。ふと目を上げると、なぜか湖がかたちを変え始めている。水上に雲が集まってきていて、怒りを秘めているように見える。やがてゆっくりと、水のなかから、その人物が立ち上がる。手に持ったランタンは、燃えているのに、光を発していない。僕はその人物の顔を見ることができない。でも、向こうが僕を見ているのはわかる。心に巨大な恐怖がある」

　スペクターは朗読を終え、軽い音をたてて記録を閉じた。「さて、クロチルデ。これをどう思う？」

　世話係の顔は周囲の明かりに柔らかく照らし出されているものの、表情がこわばっていた。この若い女性は、永遠かと思えるほど長い年月、スペクターの世話をしてきたが、そのあいだ、ひとことも言葉を発したことがないに等しい。

「いま聞かせたのは、リーズ博士の診療記録にあったものだ。『夢一号』という想像力をかき立てるタイトルが付けられている。博士はこれを〝患者A〟、すなわちフロイド・ステンハウスが打ち明けた悪夢のあらましであると述べている。どう思う？」

　しかしクロチルデは黙っていた。おそらくそれが賢明だろう。

記録の次の章へ移って、スペクターは朗読を再開した。

患者Bは、いわば半人前の人間である。社会的関与において、ひたすら型どおりの言動しか示さず、あたかも自身の衝動や本物の反応を有していないかのようである。彼女が持つ本能は、生き延びることのみ。この点において、女優になるべくして生まれてきたといえるかもしれない。いついかなるときも演技を続けている。理解しがたい感情でうわべを固め、その奥の、色欲の不在を覆い隠している。換言すれば、心に不可解な壁を築き、内にある人間らしさと認識できるもの一切を秘してしまっているのである。

この虚無感が、満たされたいという欲望の源泉と化している。すなわち、金銭の不自由ない——贅沢ともいえる——生活を享受していながら、窃盗を働きたいとの御しがたい衝動に突き動かされてしまう。患者Bの告白によれば、この性癖が最初に表面化したのは幼少期だという。女教師の机から、新品の輝きを放つ万年筆をくすねた。不運なその女教師が生徒ひとりひとりの机を探しまわるあいだ、湧き上がる喜びを隠すのに苦労した、と振り返っている。しかしこの患者Bは、幼くしてすでに狡猾だった。女教師の注意がそれている隙を見計らって、万年筆を窓から投げ捨てたのである。大胆な犯行ぶりに、同級生たちから奇妙な羨望を抱かれ、結局、責任を問われることなく終わった。思春期から青年期にかけて、彼女は同様の盗難事件を繰り返した。容姿の魅力により、人生の多くの場面で挫折をまぬがれ、当然、そうした経験が、舞台で活躍するうえでの貴重な礎《いしずえ》となった。

ここ最近は、患者Bが振り払うことのできない一種の深い倦怠感が、わたしとの会話のおもな話題となりつつある。本人は明言しないものの、目下、深い間柄の男性が生活のなかに存在する事実をわたしは見抜いている。その確固たる証拠として、いちど、〝わたし〟ではなく〝わたしたち〟という一人称を発した。わたしは診療の際、書斎内に盗みやすい小物を置くことにした。患者Bを陥れるためではなく、内なる暗黒面をおのれの力によって認めるよう仕向けるためである。先日の診療中、わたしは二個のグラスに水を注いだ。その片方を患者Bの前に置いたとき、彼女の指先が、ガラス製のコーヒーテーブルの上に置いておいた金のライターに触れていた。見とがめられたと気づき、彼女は身を固くした。わたしは、いま頭のなかにどのような思いがよぎっているかと尋ねた。彼女は表情を変えず「何も」とだけ言い、手を引っ込めた。診療が終わったのち、わたしはそのライターがなくなっていることに気づいた。彼女がいつ盗んだのかは不明である。

最近の診療において、わたしは、彼女の過去──家族との暮らし──を掘り下げ、対人関係の実情をより明確に把握しようとしている。正直なところ、この試みはさして成果を生んでいない。けれども、つい先だっての診療時、はからずも彼女の心理を一瞬とらえる出来事があったので、記録しておきたいと思う。

診療そのものは終了していた。患者Bは、私生活を侵害されたくない性格だが、さほど神経をとがらせているわけでもない。そんな彼女が、いくぶん周囲に気を遣いつつ、わたしの家からおもてへ出ようとしたときだった。偶然、家に入ってくる男性の訪問者とぶつかった（たとえではなく、実際にぶつかった）。この男は、わたしの娘の求婚者であり、頻繁にやってくる。男はひとしきり謝ったあと、彼女の顔を正面から見て、気がついた。「これはこれは、〈患者B〉さん！」大声で言い、彼女の出演作の名を並べたてた。繊細さのかけらもない男だけに、このような接しかたをされたら、並みの人間なら瞬時に萎縮しかねない。ところが、日ごろ無感情の患者Bは、氷のごとく冷静だった。丁重に、しかし熱のこもらない口調で礼を言い、いとまを告げてタクシーに乗り込んだ。娘の求婚者が呆然とするなか、患者Bは風のように去っていった。

　しかし、この遭遇の場面でわたしが興味深く思ったのは、男が袖なしの胴着のポケットから金の懐中時計をぶら下げていたことである。人目を惹こうと、これ見よがしだった。にもかかわらず、患者Bがタクシーに乗り込んだとき、男はまだその時計を持っていた。そこで、きわめて興味深い疑問が生じる。金でできた品物に対する患者Bの欲望の限界についてである。なぜ、金のライターは盗んだのに、金時計は盗まなかったのか？　その男があからさまに彼女を賞賛し、ロンドンの舞台における彼女の過去の出演作を知っていたことと関係があるのだろうか？　女優歴と窃盗のあいだにいかなる相関関係があるのか？　今後さらに掘り下げるべき問題である。

　しかし、博士はその考察に取りかかる前に命を落とした。

　もう遅い時刻になっている。スペクターはしばらく目を閉じ、暖炉で薪がはぜる音に耳を澄ました。読まなければいけないものがまだかなりある。患者Cに関する記述にはまったくたどり着いていない。しかしなぜか、自分が本当の問題をよけて回り道しているような気がしていた。博士の殺人事件の真相は、別のところにあるように思えてならない。現時点では、寝るのが最善の策だろう、とスペクターは考えた。あすの朝になっても、博士は死んだままのはずだ。絵も相変わらず行方不明。鍵のかかった書斎の謎も、これまでと同じようにまだ解けずに残っているに違いない。

10　密室の謎をめぐるささやかな考察

一九三六年九月十四日（月曜日）

翌朝、スペクターのもとへ向かう途中、フリント警部補はブルームズベリー地区に立ち寄った。作家のクロード・ウィーバーの担当編集者、ラルフ・トゥイーディーの仕事場がある。面会の約束はしていなかったが、殺人にひとこと触れただけで、彼の部屋に通された。

　思いのほか若い編集者だった。顔の肌が、嫌みなくらい、つるりとしている。自力では何も成し遂げていない男だろう、と警部補は思った。マーカス・ボウマンと同様、甘やかされた子供だ。

「担当の作家のなかにクロード・ウィーバーさんという人がいますよね？」

編集者がマッチを擦って葉巻の先に火をつける。「ええ、いますよ。この業界では最高水準の作家です。彼の作品、知ってますよね？」

「あいにく……。しかし大丈夫です、質問したいのは作品についてではないんです」

「ほう？」トゥイーディーは葉巻を太い指に挟み、席に戻った。

「いやその、訊きたいのはあなたとクロードさんとの会食の件でしてね。二日前の晩です」

「二日前の晩？　すると十二日か。十二日……」トゥイーディーは脳天気に言った。「その種のことは、秘書に訊いてもらったほうがいいな」

「すでに訊きました。あなたの予定帳にはクロードさんと夕食の約束があった。間違いないですか？」

「予定帳に書いてあったんなら、間違いない」そう言って、葉巻を吸う。先端がオレンジ色に輝いた。「そういや……待てよ。そうだ、思い出したかもしれない。クロードは最新作の契約の話をするために僕と会いたがっていた」

「八時に会った？」

肩をすくめる。「そのくらいかな」

「〈ブラウンズ〉という店で？」

「いつもそこで会う。あそこの鱒《ます》料理は絶品だよ」

「どのくらいいっしょにいました？」

「そうだなあ、けっこう長い時間だ」短い沈黙のあと、天井の扇風機に向かって煙を吐いた。

「もう少し具体的に言ってもらえるといいんですがね」

編集者は唸った。「二時間か、いや三時間かな。あのねえ、こういうふうに詰め寄られるのは不愉快だよ」

「われわれが知りたい点はただ一つ——クロードさんは何時にレストランを出ましたか？」

「彼は何時だと言ってた？　こういうことは、彼のほうが記憶力がいい」

　警部補は、うさん臭いものを見るようなまなざしを向けた。「トゥイーディーさん、わたしが礼儀をわきまえない男だったら、『あなたは何か隠そうとしていますね』と言うでしょう」

　笑いながらこたえる。「よしてくれ、そんなつもりはない」ふたたび沈黙。

「クロードさんが精神科医に診てもらっていたのは知っていましたか？」

「いいや、初耳だな」と編集者はこたえた。「べつに驚かないけど」

「どうして？」

「彼は変わり者で、付き合いやすい感じではない。いかにも物書きって人だね。すごく内向的で。現実世界とは向き合ってない」

「それで、どんな話をしたんです？」

「食事しながら？　いつもと同じ。彼は最新作が完成に近づいていた」

「話の内容は？」

　編集者は根負けしたかのように半笑いを浮かべた。

「そういえば精神科医の話をしてたっけ。いま言われて思い出した」

「その話題について三時間も？」

　考え込むふうに、椅子に背を預ける。室内に聞こえる音は、椅子のきしみと、葉巻が燃えるかすかな音だけだった。「何もかも正直に言うと、そうではない。あの晩、クロードは体調が悪くなった」

「体調が？　初めて聞きましたよ。どんなふうに悪くなったんです？」

「食事中に、吐き気を催した。ちょっと失礼と言って、席を立って……ああ、思い出した。それっきり彼の姿を見ていない」

「つまり、戻って来なかった？」

「そんなに珍しい話じゃないよ。この業界にいると、芸術家のいろんな気まぐれに慣れるもんでね」

「彼が姿を消したのは何時？」

「そうだな、夕食の途中だったから、たぶん十時かそこら」

「その少し前にも、体調不良を訴えていましたか？」

「いや、ぜんぜん。彼は次回作について、章立ての説明をしていた。それがあの人の唯一の関心事なんだよ。ところが唐突に、凍りついた。まるで僕の肩越しに何かとんでもないものを見たみたいに。僕は振り返ったけど、何もなかった」

「彼に何か言いましたか？　誤解されるようなことは？」

「僕が言ったのは……」編集者はしばらく考えた。「それだ！　うちの印刷室に新しい電送式植字機《テレタイプセッター》を導入した件を話した」警部補がきょとんとしたので、彼は続けた。「すごく便利なんだ。今後、紙表紙の廉価本に手を広げることになったら役に立つ。でも案の定、クロードはいわゆる〝大衆出版〟の人気をこころよく思っていなくて。そのあたりを話し合っていた。べつに激論とかいうほどじゃなくて、ごくまっとうな意見交換だった。クロードは、廉価本なんて堅表紙のまともな本の粗悪な模造品にすぎない、と言い張ってた。無学な連中は騙せても、知識階級はいつだって偽物のなかから本物のクロード・ウィーバーを見分けられる、とね」

「そんなとき、体調が急変した」

編集者は頷いた。「急に顔色が変わってね。気分が悪いとか何とかつぶやきながら、よろよろと出て行って、二度と戻ってこなかった」

「それが十時だった、と？」

「十時か、十時半。はっきりしない」

「クロードさんは、ひと晩じゅう、あなたといっしょだったと言っていました」

編集者が鼻持ちならない笑みを浮かべた。「だったら、クロード・ウィーバー大先生の勘違いだ」

＊

あらためてクロード・ウィーバーの家へ向かうフリント警部補は、足取りが弾んでいた。スペクターにはいったん待機してもらい、単独で訪問することに決めた。今回は呼び鈴を鳴らさず、拳でドアを叩いた。なかに入れてもらうと、使用人に止められる前に、居間へ直行した。クロード・ウィーバーが困惑の表情を浮かべている。

「クロードさん、殺人のあった晩、あなたが編集者とずっといっしょにいたわけではないことをつかみました。なぜ嘘をついたんです?」

クロードが弾かれたように立ち上がった。「何を言ってるんです?」

「編集者によると、あなたは食事の途中で具合が悪くなったとか。よろめきながら夜の表通りに出て行ったまま、行方知れずになった」

クロードは打ちのめされた表情になった。「そんなこと知りませんよ」

「レストランの従業員に訊いてみてもいいんですが——」

「いやいや、疑ってるわけじゃなくて。つまり、ぜんぜん思い出せないんです」

警部補は相手をまじまじと見つめた。「いったいどういう意味です?」

「レストランは覚えてる。食事も覚えてる。あと、帰宅したのも覚えてる……」

「帰宅は何時ごろ?」

「わかりません。そのまま寝ました」

「要は、こういうことですか? アンセルム・リーズ博士が死んだ晩の行動を説明できない、と」

「そう——そうなりますね」

「その夜、リーズ博士の家に行きましたか?」

「行っていないと思います」

「しかし、断言はできない?」

クロードは歯を食いしばり、感情を抑えて背筋を伸ばした。「ええ、断言できません」

*

フリント警部補は知る由もなかったが、その朝、スペクターも少しばかり寄り道をしていた。ベンジャミン・ティーゼルの屋敷に立ち寄って、絵の行方不明事件について調べを進めたのだ。

ティーゼルは留守だったが、絵が盗まれた晩にずっと玄関脇に控えていたふたりの使用人がいた。名前はヒルダとポーレット。滑稽な取り合わせだった。おそろいの制服とひだ飾りのあるエプロンを身に着けており、調味料入れの瓶が二本並んでいるように見える。スペクターの世話係、クロチルデのような威厳や気品はない。

「お嬢さんがた」とスペクターは呼びかけた。ふたりの使用人が顔を見合わせ、笑いを噛み殺す。「ティーゼル氏のパーティーの夜のことを何でもいいから話してくれないかな」

「かしこまりました」とヒルダが言った。「わたしたちがお話しできることでしたら何でも」

「ご主人様はとても取り乱していらして」とポーレットが説明を始めた。「それはもう一大事になってきております」

「そうだろうね。それで、どんな具合だった? パーティーのようすは? きみたちが客を招き入れるように、というのはティーゼル氏の指示だったのだね?」

「さようです」とヒルダ。「その晩はタウンゼントさんがお休みの日だったので、わたしたちが仰せつかりました」タウンゼントはティーゼルの付き人だ。強固なアリバイがあるため、すでに捜査の対象から外れている。「ただ、ご主人様は、わたしたちの片方だけでは心もとない、とのことだったので、ふたり一組で仕事いたしました」

「なるほどね。それで、きみたちはずっと玄関口にいた？」

「はい」と、こんどはポーレット。「招待状をお持ちのかたは全員、入っていただきました。関係者のみなさん全員です」

「多少とも不審な人物はいなかったかね？」

「いいえ、おひとりも。ですから、あの絵はぜったいに誰も盗めなかったはずなんです。泥棒なんて入れませんでしたし、お客様のどなたかのしわざでもないことは証明できたんでしょう？」

「泥棒が勝手に家に入る方法はなかった――そこのところは間違いないかね？」

「もちろんでございます。裏口には鍵がかかっておりました。横手のドアにも。窓もすべて、かんぬきがかかっておりまして」

「その夜のどこかの時点で、客の誰かが二階に上がらなかったか？」

「ああ、そうだわ！　しょっちゅうでした。ほら、お客様はみんな二階に上がって、そのう……ご用をお済ませに」

「トイレだね？」

　ポーレットは苦笑して頷いた。

「となれば、誰かがあの部屋に忍び込んで絵を盗んだとしても、きみたちにはわかりっこないな？」

「でも、もし絵を持って下りていらしたら、わたしたちが見過ごすはずはありません」とヒルダが言った。「げんに、どなたも荷物を持っては下りてきませんでした。それはほんとに請け合います」

「パーティーにいた誰か、つまり客のひとりが抜け出して、窓のかんぬきを外して泥棒を入れ、パーティーに戻るということも可能だっただろうか？」

「無理です」とポーレットが言った。

「なぜ言い切れる？」

「会場以外の部屋はすべて厳重に施錠されていました。ご主人様は他人が二階をうろつくのを非常に嫌がっていらっしゃいます」

「では、二階の部屋で鍵がかかっていなかったのは——」

「ご用をお足しになる部屋だけ。そこには窓はありますが、開きません。わたしがここで働き始めてから、いちども開いたことがないんです」

「ふむ。では、階段を使うほかない」

「そのとおりでございます」

「ほかの方法で絵を持ち出すことは？　絵を移動できそうなほかのドアはないかな？」

　使用人ふたりが、ぴったり同じ動作で首を振った。

「ありません。裏には使用人の出入り口があるだけで、厳重に鍵がかかっていました。警察のかたに尋ねられる前に、鍵はすべて揃っていました」

「だとすれば、絵は玄関から運ばれたに違いないが……」

「でも、絵を持ってわたしたちの横を通り抜けた人はいません」とヒルダが断言した。「ぜったいに間違いありません」

　ふたりの使用人は熱心に、スペクターに建物内を見せてまわった。熱心すぎるくらいだった。らせん階段をのぼりきったところにあるドアまで彼を連れて行き、ヒルダがドアを押し開けた。

「ご主人様が鍵を開けたままになさっています」と彼女は説明した。「絵がなくなったいま、施錠しても意味がない、と」

　スペクターは部屋をつぶさに観察した。予想どおりだった。窓はもちろん小さすぎて、絵を外へ出すのには使えない。当然、人の出入りも不可能だ。

踊り場には、表通りに面した大きな窓があるが、構造上、開かない。留め金もかんぬきもなく、ガラスが壁にはめ込まれている。またもや調査は行き止まりだ。

スペクターは、少しでも打開の糸口を見つけようと、最後のあがきで〝ご用を足す部屋〟に向かった。べつだん特徴のないトイレだった。金具の緩みも、配管の異状も見当たらない。やはりというべきか、窓は錆と汚れで固まっていて、ぴくりとも動かない。

捜査の進展のなさにいら立ちながら、スペクターは階段を下りた。ふだんなら、このあたりまでにいろいろなアイデアが頭のなかを飛び交っているはずなのに。へたり込むように居間の肘掛け椅子に腰を下ろすと、ヒルダが紅茶のおかわりを出してくれた。

「あの博士の死についても調べていらっしゃるんでしょう?」ポーレットが穏やかに言った。「大変な事件ですよね、ほんとに」

「まったくだよ、お嬢さん。まさに大変な事件だ」

それから数分間、ふたりの使用人は、血なまぐさい事件の詳細をスペクターから聞き出そうとした。彼は口を割らなかったが、自分がまるでブラム・ストーカーの小説『吸血鬼ドラキュラ』に出てくるジョナサン・ハーカーになり、血を求めてやまない吸血鬼の花嫁たちに苦しめられているような気分だった。

かなりおいしい紅茶のおかげで、スペクターはいくぶん元気を取り直し、椅子から立ち上がろうとした。ゆっくり立つだけでひと苦労だったが、両腕を使用人たちに支えられ、ようやく姿勢を整えた。「おふたりとも、ありがとう」帽子のつばを触りながら言う。「お嬢さんがた、歳は取らないにかぎるよ。何かと、ろくなことがない」

ふたりは笑顔で礼儀正しく頭を下げ、スペクターを玄関まで案内した。外へ出た彼は、軽く身震いし、痩せた端正なからだにまとった外套の襟元をきつく合わせた。

＊

フリント警部補がパトニー地区のパブ〈ブラック・ピッグ〉を再訪したのは昼時近くだった。いつものようにスペクターは個室の窓際の席に座っていた。きょうは、一枚のソブリン金貨をいじっている——といっても、二十年ほど前に廃止された硬貨だから、もちろん模造品だ。その硬貨を節くれだった指から指へ動きまわらせている。驚くべき器用さだ。あまりの見事さに、警部補はしばらく話しかけず、見入っていた。

やがて、スペクターが微笑みながら、硬貨をポケットに入れた。「どうぞ、座ってくれたまえ」

「新しい情報があるんだ」と警部補は切り出した。

「わたしもだよ」

「まず、こちらから。クロード・ウィーバーのアリバイが粉々に崩れたよ。編集者と食事をしている最中に、例の〝遁走状態〟に見舞われたらしい。編集者の話では、彼は意識もうろうのていでレストランから出て行ったそうだ」

スペクターは親指の爪を嚙みながら考え込んだ。

「そう、そんなこともあろうかと思っていた」

「どういう意味だ？　疑いなく、これで事件の全貌が明らかになった。クロードが居場所を証明できないなら、簡単にドリスヒルへ行けたことになる。遁走状態だろうと、なかろうと」

「そうだね……しかし、どうやって書斎に入った？」

警部補は口を開きかけて、また閉じた。

「ついに機は熟したと思う」とスペクターが続けた。

「密室の謎に正面から立ち向かうべきときが来た」

「おい、クロードはどうするんだ？」

「待たせておけばいい。理路整然としたアリバイを用意できないような男が、内側に鍵のかかった部屋から巧みに消え失せるなどという離れ業をやってのけられるはずがない」

警部補は静かに溜め息をついた。「何か考えがあるらしいな」

スペクターはこう語り始めた。「さて、かの有名なわれらがジョン・ディクスン・カーは、『三つの棺』という作品のなかで、密室の謎についてきわめて包括的な考察をしている。けさ、ティーゼルの屋敷に寄ったあとで、該当箇所を読み返してみた。カーは、密室トリックをおおまかに七つに分類している。すなわち……。

第一は、事故死。今回の事件に当てはめると、アンセルム・リーズ博士が喉を切り裂いたのは不運な災難だったことになる。たとえば、その日に届いた郵便物に目を通している最中、ペーパーナイフを握った手が、つい滑ってしまった、とかね。可能性は低いが、状況しだいでは、あり得ない話ではない。とはいうものの、われわれとしては考慮に入れなくていいと思うが、どうかね？

第二は、被害者が自殺するよう仕向けられた、というものだ。ある種の薬物、あるいは催眠術によって。むげに否定したくはないし、リーズ博士の検死報告がまだ出ていないが、真相はほかにあると考えて差し支えないのではないか。

第三は、室内に何らかの機械的な罠が仕組まれていたというもの。たとえば、ばねの付いた剃刀の刃などだ。部屋を徹底的に調べたから、これは除外できる。からくりや隠し扉は存在しなかった。

第四は、殺人に見せかけた自殺。これは娘のリディアが提示した解決策なので、ここではあらためて触れない。

第五は、殺害後に犯人が被害者になりすまし、死亡時刻を混乱させるというもの。これは、あり得る。なにしろ、使用人のミセス・ターナーは、訪問客が家を去ったあと、ドア越しに博士の声を聞いたにすぎないからね。博士の姿を見たわけではない。したがって、彼女が聞いた声はじつは犯人の声だった可能性もある。ただ、そうだとしても、犯人や訪問客の特定には役立たないし、犯人がどうやって部屋から跡形もなく消え失せたのかも説明できない。

第六は、犯人が部屋の外から被害者を襲うことに成功した、というものだ。R・オースティン・フリーマンが生んだソーンダイク博士は、このタイプの興味深い一例に遭遇している。しかし、リーズ博士の事件に当てはめようとしても、うまくいかない。犯人が、弓矢のようなものを使い、矢に剃刀の刃を取り付けていたとでも？

最後の第七は、被害者は発見された時点では死んでいなかった、とするもの。死んだように見えただけで、気絶させられていたか、薬物を投与されていた。やがて、そのあとで殺害された。今回の事件では、これもあり得ない。リーズ博士は首が落ちそうなほど深い傷を負っていた。発見された時点で死んでいたのは間違いない。

以上が、カーの本に書いてある密室トリックだ」

「となると、われわれに残された可能性は？」と警部補は尋ねた。カーとはいったい何者なのかさっぱりわからなかったが、この厄介な事件の関係者たちと同様、かなり怪しげな人物に思えた。

「なあに、考えるための材料を並べたにすぎない」とスペクターはこたえた。「体系立てる必要がある。わたしの知るかぎり、密室トリックの解明をこれ以上進める前に、さらに二つ、複雑な問題を解決する必要がある」

「二つだけ？」

スペクターは頷いた。「第一は、鉄壁のアリバイの謎だ。いや、鉄壁というほどではないにしろ、重要人物の何人かのアリバイはそれに近い。フロイド・ステンハウスがアパートメントにいたことがわかっている。

なぜわかったか？　守衛やエレベーター係が、彼は部屋から出なかったと証言しているからだ。それに、殺人のほんの少し前に博士の書斎に電話をかけたという、ささやかな証拠もある。電話の交換手に確認できたし。ミセス・ターナーがドア越しに聞いた会話の断片とつじつまが合う。

　次は誰かな？　デラ・クックソン。彼女が『死の女』の公演に出演していた事実については、多くの目撃者がいて、疑問の余地がない。舞台がはねたあとベンジャミン・ティーゼルの邸宅のパーティーに彼女が参加したことも、おおぜいが証言するだろうし、わたし自身もそこに居合わせた。絵画盗難の件はまた別に議論するとして、彼女は十一時半ごろ、ひどく苦しそうなようすでパーティーの場を立ち去ったことがわかっている。そして、そこから博士の家へ直行したと推測できる。十五分もしないうちにリーズ家の玄関に到着し、ミセス・ターナーが彼女をなかに入れた。となると、彼女が犯行に及ぶ時間の余裕はほとんどない。いったん家に入ってから、また外に出て、おぞましい殺人をおかした、とみるのは時間的に無理がある。しかも、シルクのカクテルドレスにいっさい血痕が付着していない。

　第三の容疑者はリディア・リーズ。〈サボイ・ホテル〉で夕食をとり、そこから〈パルミラ・クラブ〉という酒場へ移動した。なぜそう言えるのか？　マーカス・ボウマンが証言したからだ。同様に、リディアはボウマンのアリバイを保証した。しかし、それだけではない。〈サボイ・ホテル〉の従業員たちや、〈パルミラ・クラブ〉でふたりを乗せたタクシー、〈パルミラ・クラブ〉の数人の女性従業員も証言している。通常、アリバイのある男女には警戒しなければいけないが、ふたりは無実とみるのが筋だろう。目撃者の証言に加え、〈サボイ・ホテル〉や〈パルミラ・クラブ〉が博士の家から数キロ離れているという事実もある。

さて次は、〝遁走状態〟で記憶を失いがちな、例の小説家クロード・ウィーバー。本人は懸命に努力したが、アリバイを立証できなかった。編集者も裏付けようとしないし、妻も証言できない。こうなると、どうやら必然的に結論が導き出される。アンセルム・リーズ博士を殺したのは、クロードしか考えられない、と。純粋に、状況証拠しかない。ふたりのあいだに敵意があるようには感じられない。根拠は、殺人のあった晩、クロードが所在を説明できないという一点にかかっている。しかし、もし彼が殺人をおかしたのなら――いいかね、あくまで仮定の話だ――もう一つ解けない謎が残る。彼はどうやって他人に気づかれずに家を出入りできたのだろうか？

しかし、この謎には、いまわたしが触れなかった別の側面がある。ミセス・ターナーだけが見た謎の訪問者。博士が最後に面会した相手だ。謎が多い。この訪問者について何がわかる？ ミセス・ターナーが会ったことのない人物で、自分の正体を隠そうと躍起になっているようすだったという。当夜、博士はミセス・ターナーに来客の準備をするよう言いつけてあったのだから、博士が知っている人物、いや、少なくとも訪ねてくると予想していた人物だ。しかし、博士とふたりで何を話したかは不明。わかってるのは、殺人が発生する前、つまり、ステンハウスから電話がかかる前に、この訪問者が家を去ったことだ。さて――この訪問者の存在は、殺人と関係があるのか、ないのか？ デラ・クックソン以外のふたりの患者は、玄関から出入りするのを目撃されていない。見知らぬ訪問者のほかは誰も出入りなし。したがって、犯人は書斎の窓から侵入した可能性が高い。しかし、これは二つの明確な理由で不可能といえる。一つ目は、ひどい雨。殺人よりはるかに前の九時過ぎから降り始めた。となると、犯人の侵入経路を示す足跡がはっきりと残るはずだ。二つ目は、フレンチドア。内側から鍵がかかっていた。

なぜそう言える？　ミセス・ターナーが部屋に入ったとき、確認したからだ。デラ・クックソンも確認した。おまけに、鍵が室内側から鍵穴に挿さっていた。よって、犯人はこの経路で入ることはできない。外の足跡を消し、なおかつ鍵をどうにかして外側からこじ開けないかぎり。これで、今回の難問を無駄なくまとめられただろうか？」

「だと思う」

「よろしい。では本題に入ろう。犯人はドアから出られなかった。ミセス・ターナーとデラに見つかってしまう。フレンチドアから去ることもできなかった。足跡が泥のなかに残ってしまう――しかも、フレンチドアは内側から鍵がかけられていた。

殺害時刻は、ステンハウスの電話からミセス・ターナーが部屋に無理やり入るまでの五分間に絞られた。密室殺人については、わたしより優れた研究者たちがいるが、今回、この特定の事件に当てはまる基本的な可能性だけいくつか整理しておこう。当然ながら、すべては錯覚の産物だ。問題は、錯覚がどこにあるかという点にかかっている。

可能性その一。じつはドアには鍵がかかっておらず、何らかのトリックによってそう見えただけ。外から仕掛けをしたのかもしれない。これは、かんぬきや掛け金なら、やりやすい。たとえば、有名なトリックとして、かんぬきと受けのあいだに氷のかたまりを挟んでおけば、犯人が部屋から出たのち、氷がゆっくりと解け、かんぬきがかかる。同様に、部屋の外から糸や針金を使って、かんぬきをはめ、糸や針金は、刃物で切断するなり、ライターなどで焼き切るなりして回収する、という手もある。しかし今回は、かんぬきではないので無理だ。本件は〝鍵穴に鍵が挿さったまま〟という昔からよくある状況だ。フレンチドアのほうも、同様に、鍵が穴に挿さっていた。では、どうすれば開閉が可能か？　磁石を使ったのだろうか？　さらなる調査が必要だろう。

第二の可能性。時刻をごまかして、記録された時刻より先または後に殺人が行なわれた。もちろん、今回は二つの理由から不可能だ。まず、犯行推定時刻の寸前までリーズ博士は生きていて、ステンハウスと電話で話した。ステンハウスが裏付け証言をしている。また、剃刀で殺されたことに疑問の余地はないから、推定より遅くに絶命したはずはない。唯一可能性があるとすれば、録音を利用してリーズ博士が生きているように見せかけ、実際には少し前に殺されていた場合だ。しかし、電話記録により、時刻も通話時間も揺るがない。ステンハウスの証言により、問題の時刻にリーズ博士が間違いなく生きていたことも確定している。それとは別に、この種のトリックに使われたとみられる録音機器が、室内のどこにも見当たらなかった。結局この可能性も、念のため検討したにすぎない。

第三の可能性。ひょっとすると、犯人は部屋から出なかったのでは？　過去にはそういった奇妙な事例もある。そこで注目すべきは、例の収納箱だ。現場には、人体を簡単に運べるであろう怪しげな木製の収納箱が置かれていた。ただ、知ってのとおり、その収納箱はミセス・ターナーが開き、なかに人が隠れていなかったことが判明している。つまり、部屋は空っぽだったのだ。では、犯人はどこへ消えたのか？

ここで第四の可能性が出てくる。犯人は部屋にまったく出入りしなかったとしたら？　ほかの場所からの遠隔操作によって密室内で殺人が起こった例が、過去に知られている。ありがちなトリックとして、銃器がらみの死では、機械的な遠隔操作で拳銃の引き金が引かれた可能性もある。メルヴィル・D・ポーストの作品が思い浮かぶが——もしかして、きみも知っているかね？　ただ、リーズ博士の殺害に用いるには、まずもって不可能だろう。機械的な犯行ではなく、生身の人間が襲ったとしか考えられない。どうやっても、自動化できるような犯罪ではない。比喩的に言うなら、〝人の指紋〟がいたるところにある。

これに対し、第五の可能性は、真相として有望だ。何らかの方法で、被害者が自殺するように仕向けられたとしたらどうだろう？　それなりの仕掛けを使えば可能だ。首が締まったり、刃物が刺さったり……。仕掛けのスイッチを被害者が踏んでしまった。あるいは、短剣がばねの力で飛び出した。ウィルキー・コリンズが考案した奇妙なベッドのからくりを思い出してほしい。自殺のたぐいでは、ほかに、目撃者に殺人と勘違いさせるような、巧妙な自殺だったかもしれない。剃刀で自分の喉を切り裂いたとしてもおかしくないわけだ。激怒して、あるいは正気を失って、遺体にあったような致命傷をリーズ博士みずからがつくった可能性もある。ただ、そうなるとさらに不可解な点が残る。博士が自殺だった場合、凶器はどこに行ったのか？　凶器は、剃刀。剃刀は金属製だ。部屋を捜索したのに、剃刀も、その痕跡も発見されなかった。その事実から逃れることはできない」

「もうたくさんだ」と警部補は言った。「問題は浮き彫りになった。そろそろ、解決策を示してもらえないかな？」

「〝オッカムの剃刀〟の教えによれば、仮定が最も少なくて済む仮説こそ、正解である可能性が最も高いという」

「それはどの仮説だ？」

スペクターの顔に、狡猾な笑みが浮かんだ。「引き続き、体系的に検討していこう」彼は三枚のトランプを伏せて並べた。最初のカードをめくると、ハートのクイーンだった。「デラ・クックソン。これといった動機がない。しかし、犯行現場にいた。そのうえ、われわれに何か隠し事があるのは確かだ」

次のカードをめくる。ダイヤのジャックだった。

「フロイド・ステンハウス。動機は不明。しかし、犯行時刻のアリバイが成立しているため、殺害の機会はまずない」

　そして最後のカードは、クラブのキング。「クロード・ウィーバー。動機は不明。だが、彼には機会があり、殺人のあった夜の居場所について、すでにいちど嘘をついている。ああ！　しかしもちろん」と突然、胸ポケットから二枚のカードを取り出し、大声で言う。「わたしは、あることを忘れている」

　その二枚をほかのカードの横に置く。一対のジョーカーだった。「ジョーカーがいる。マーカス・ボウマンとリディア。このふたりは互いのアリバイを主張しているが、同時に、どちらかがあの晩、家にいたとすれば、ミセス・ターナーがすぐに気づいただろう。それに、事件当時、ふたりがロンドンの反対端にいたことが裏付けられている」

「こんな可能性はどうだろう」と警部補が口を挟んだ。「ミセス・ターナーがリディアをかばっているのでは？」

「何のために？　今回は、昔から家に仕えていた召使いの話ではない。ミセス・ターナーは博士の家で働き始めて数カ月しか経っていない。リディアとは何の結びつきもない。少なくとも、殺人容疑から彼女を守るほどの絆はない。やはり、このふたりが、われわれにとってジョーカーなのだよ。異質な存在。そしてそう、大事な点を忘れていた……」彼はズボンのポケットに手を入れ、最後の一枚を取り出して、ジョーカーの横に置いた。トランプの図柄はなく、流麗な書体の疑問符が一つ描かれていた。「顔の見えない訪問者。それ以来、誰もその訪問者を見ておらず、特定もできていない」

　彼は六枚のカードをすくい上げ、シャッフルし始めた。

11　蛇男の正体

しばらくして、ふたりは別れた。フリント警部補は、講義のすえスペクターが結論を出さなかったことに、大きく落胆していた。一方、スペクターは急に情熱が燃え上がっていた。デラ・クックソンから情報を聞き出すため〈ポムグラニット劇場〉に行く、と警部補に告げた。しかし、それは事実の半分でしかない。道すがら、リーズ博士の家に寄って、娘のリディアと少し話がしたかった。

リディアは、亡き父親の書斎に自分の仕事場を移したとみえ、ミセス・ターナーの案内でスペクターが訪れたとき、父親の机に向かって座っていた。瓶底のような眼鏡をかけ、分厚い本に目を通している。

「こんにちは、リディアさん」スペクターはそう言って、室内を注意深く見回した。血だまりの痕跡は、山羊の毛で編まれた控えめな絨毯によって覆い隠されている。

「あら、スペクターさん」と彼女は言ったが、本からほとんど顔を上げなかった。「どうぞ、お座りください」

スペクターはソファーに腰を下ろして言った。「ある点について、あなたの専門的な意見をうかがいたい」

「どうぞ」

「〝遁走状態〟について教えてもらえないだろうか」

彼女が何を予期していたにせよ、明らかに意表を突かれたようすだった。しばらく考えている。

「遁走状態とは、記憶の寸断です。自分自身と自分の意識とのあいだに距離ができる。本人からすれば、完全に意識を失っていて、ある時点で急に意識が戻るように感じられるかもしれません」

「仮説として、遁走状態にあるそのような人物は、覚醒しているときにはやらないはずの行動に出てしまう恐れもありますか？」

「もちろんです。どこへ行ってもおかしくない。何をやっても」

「犯罪をおかす可能性も？」

「ええ、じゅうぶんあり得ます。何だってやりかねません。どんなことだろうと」

「その病気について、ほかにご存じのことは？」

「まだ謎も多いんです。概して、子供のころの対処機構に起因しています。問題を抱えた子供は、困った出来事から自分を切り離すすべを考え出し、その出来事がほかの誰かに起こっているとみずからに言い聞かせるんです。やがて、それが真実になります。人格が——その人自身が——分裂するのです。意識もうろうの状態に逃げ込んで、そのあいだの自分の行動については何もわからなくなる」

「じゃあ、あなたのお父さんが遁走状態の男に殺された場合、その男は罪に問われないと言うんですか？」

「ええ。犯行当時、本来の人格はなかったに等しいですから。完全に別人格。その人の頭蓋骨のなかにいる見知らぬ幽霊みたいなものが真犯人なんです」

スペクターは想像してみた。「考えるだけで恐ろしい」

「ええ。でも、本人にとって、もっとどんなに恐ろしいか想像してみてください。いろんなことが起こって、その責任は自分にあるけれど、自由意志では制御できない。そう思い知るわけです」

「では、遁走状態にある者は、殺人をおかす可能性もあると？」

リディアが、探るようなまなざしになった。初めて真摯な目でスペクターを見るかのようだった。「人間は何だってやりかねません」

「夢について教えてください」

「ステンハウス氏の悪夢っていう意味？　父の診療記録をお読みになったんでしょう？」

「はい。夢とは詩のようなものである、とお父さんはつづっている。独自の言葉を生み出し、再構築する。叙情的で曖昧。さらに重要な特徴は、けっして要を得ないという点です。そこで、心象や象徴を解きほぐし、明快にしてやる必要が出てくる。それを踏まえて、フロイド・ステンハウスの夢をどう思いますか？」

「父は、夢を段階的に解読する手法を編み出したんです。まず、表面上の薄い層を仮定し、〝自制的表層〟と名付けました。覚醒しているときの世界と正確な相関関係がある側面です。たとえば、受験を控えた学生が、事前にその受験に関する夢を見る。しかし、その表層の下に第二の層があって、父は〝内実層〟と呼んでいます。ここは、さまざまな象徴が占めている領域です。覚醒中の生活や行動が本能的な無意識と大きく乖離している場合、内実層がより顕著に働きます。その結果、夢は寓話的、空想的な様相を呈するのです。ステンハウス氏の夢はそういったものでした」

「具体的にどうなんでしょう？　彼の夢をどう解釈しますか？」

「解釈の仕方は一つだけ。象徴としてとらえることです。たとえば、ランプは明かり、すなわち、秘密の暴露を意味する。歯は暴力。水は老化、時間の奪取。ですから、ランプを持ったステンハウス氏の父親が、静まり返った湖から立ち上がる姿は、過去の人物の復活を表わしているように思えます。秘密が明らかになる。そして顎は――暴力や、破壊による消失」

「その夢と照らし合わせると、ステンハウス本人についてはどう思います？」

　リディアは極度に真剣な顔つきで、眼鏡を外した。

「スペクターさん、ステンハウス氏はわたしの患者ではありません。わたしは診療に関わっていない。あなたの質問にこたえられるのは、父だけです」

　スペクターは考えをめぐらせた。つかの間の沈黙ののち、こう言った。「あなた自身の夢はどうなんですか、リディアさん？」

「わたしは夢を見ません」

「見ない？　あなたはとても活発な精神の持ち主なのに」

　彼女は指を組んで考え込んだ。「そうですね、わたしは……夢を見ることができないんです」

　ふたたび、長い沈黙。決闘の相手を見つめるように、リディアとスペクターは互いを観察した。「失礼な質問ですが」とスペクターは口を開いた。「あなたはお父さんを愛していましたか？」

「それは、太陽を愛しているかと地球に尋ねるも同然です」

「ほう？」

　眼鏡のふち越しにスペクターを見やる。「神のごとく、アンセルム・リーズはみずからが思い描くとおりにわたしを創造したのです」

「恨んでいるような言いかたですが」

「わたしは夢を見ることができないように、恨むこともできません」彼女の顔はまったくの無表情だった。

＊

　捜査の開始から二日目、フリント警部補は最初で最後の幸運を手に入れた。蛇男の身元を特定するため、丹念に地道な調べを進めているさなかだった。ロンドン警視庁に戻ったところ、いつになく上機嫌なフック巡査部長に出迎えられた。

「そのにやついた顔、さては何かつかんだようだな、フック」

「そうなんです」

　判明した事実によれば、アンセルム・リーズ博士は、ウィーンからロンドンに移住する際、保管していた過去の診療記録をすべてイギリスへ送るよう手配していた。そうした手書きの記録は、几帳面に整理され、現在、オックスフォード大学にあり、同大学のボドリアン図書館が誇る膨大な精神医学の蔵書に加わるべく待機中なのだった。

「少々心配していました」と巡査部長が言う。「唯一の頼みは、バッハウバレーにあった診療所の患者記録だと思ったからです。ただでさえ入手困難かと危惧していたのに、その記録は数年前の火事でほとんど焼けてしまったとわかりました。ところが、リーズ博士は個人的に写しを持っていた。おかげで、資料を少し突き合わせるだけで済みました。ウィーンからたったいま、死亡記録を確認する電報が来ましたよ」

「それで?」

「蛇男の本名はブルーノ・タンツァーです」

「ブルーノ・タンツァー」警部補はその名前を舌の上で転がした。「タンツァーについて何かわかったか?」

「ウィーンの当局から得た情報だけです。妻がいたものの、インフルエンザに罹り死亡。ただ、娘を遺しています。一九〇〇年生まれ。ということは、今年で――」

「三十六歳だな」と警部補があとを受けた。「この事件で蛇男の娘に該当しそうな女性はひとりしかいない。デラ・クックソンだ」そう言って、巡査部長に笑顔を向けた。「今回も、でかしたぞ。この調子でどんどん調べて、あらたな情報を探してくれ。わたしは〈ポムグラニット劇場〉に行ってくる」

＊

〈ポムグラニット劇場〉に到着したスペクターは、興行主のティーゼルがバーにひとりでいるのを見かけた。

桃色のジンを寂しげに眺めている。名画を失ってから、何十歳も老け込んだようすだったが、スペクターの姿に気づくと、すぐさま立ち上がった。

「ジョセフ！　何か新しい情報は？」

「情報？」

「そうとも、情報だよ。『誕生《エル・ナシミエント》』の！　ほかに何の話だと思った？　きみの魔法をぜひわたしのために使ってくれ、ジョセフ」

「言われなくても、わたしなりに手を尽くすとも。しかし、忘れないでほしい。死人がひとり出ている。それも著名人だ。そういった事件のほうが、絵画の盗難よりも大衆の興味をかき立てる」

「だからこそ、きみに頼んでいるんだ」わざとおどけて甘えるふうに言い、マントを羽織ったスペクターの肩に腕をまわす。「両方の事件を一挙に解決できる名探偵は、どこを探してもきみしかいない。正直なところを聞きたいんだが、絵を盗んだデラが博士にも手を下した、という可能性はどうなんだろう？　ぜったいにないと思うか？」

「それは……興味深い説だ」とスペクターは言った。

「何か根拠があるのかね？」

「いやあ、わたしは何一つ知りゃあしない。知ってることといえば、最近買ったばかりの宝物をあの手癖の悪い女に見せるという、救いがたい愚かな真似をしてしまったってことだけだ。あの場所に絵があると知っていたのはあの女ただひとり。わたしの首から鍵を引ったくることができそうなのも、あの女しかいない」

「いやいや、ベンジャミン」とスペクターがたしなめた。「どちらも事実ではない。わたしはこれまでにも、きみの家のパーティーに参加した経験がある。酒が回ると、理性など霧の奥深くに消えてしまい、客の誰が誰やら、よくわからなくなるものだ。きみの鍵をほかの誰かがくすねた可能性もじゅうぶんにある」

「だとしたら」とティーゼルが決然とした声色で言う。

「きみが見つけてくれなきゃ困る。そうだろ？」

ほどなくして、フリント警部補が勢いよくロビーに入ってきて、バーにいるふたりに近づいた。「スペクター、話があるんだ」

スペクターは席を立ち、警部補と連れ立ってバーを出た。人目につかないように舞台の裏手へ向かいながら、警部補は蛇男の正体が判明したと伝えた。

「では、蛇男には娘がいるのか」そう言いながら、スペクターは細い葉巻に火をつけた。「本当にデラだと思うかね？」

警部補はメモ帳を出して眺めた。

「デラ・クックソン」と読み上げる。「本名、メイベル・ノーマン。出生記録はない。しかし確かな筋から聞いたところによると、彼女はかつて、望まれずに生まれた乳幼児を保護する施設〈オーク・ツリー・ホーム〉で暮らしていた。早い話が、孤児だ。成人すると、まずは〈プラザ・ホテル〉で世話係として働きだした。そのあと、〈ベルモント・フォリーズ〉のミュージカルダンサーになった。以後の活躍は、まあ、世間で知られているとおりだ」

「ならば、蛇男の娘かもしれないわけだね？」

「可能性はある。動機の点では、いまのところ最も有力だ」

「探偵ごっこの最中かしら、ミスター・スペクター？」声の主はルーシー・レビーだった。れんがの壁にもたれ、猫のように気怠げだ。

スペクターは彼女に向き直った。「成り行きでね。なぜだ？　何か言いたいことがあるのかね？」

彼女は笑った。わざとらしい、演劇学校の生徒のような笑い。「この劇場にはずいぶん謎が多いのねえ。お気の毒に、ベンジャミンは絵を失くした。よりによってデラ・クックソンがこのおぞましい芝居の主役に選ばれた。そしてもちろんエドガー・シモンズの一件もあるし」

「エドガー・シモンズ?」スペクターはその名に聞き覚えがあった。しかし、どこで聞いたのだったか?

「エドガー・シモンズとは誰だ? お教え願いたいね、ルーシー」

「あなたが解かなくちゃいけない謎がまた増えたわね」彼女はいたずらっぽくそう言い残し、その場をあとにした。スペクターが追いかけてくると踏んでいたのかもしれないが、彼はそんな気分ではなかった。立ち止まったまま、ルーシーが去っていくのを見送った。

ふたりが楽屋に着いたとき、デラ・クックソンはすでに全身に衣装をまとっていた。鏡に映った自分を入念に眺め、スペクターたちが来たことなどろくに気にも留めなかった。「あら、お揃いで。何かご用?」冷ややかな声。

「きみの幸運を祈りに来たのだよ、デラ。ついでに、一つか二つ質問させてほしい」

警部補が一歩前に出た。「デラさん、教えていただきたいのですが、〝蛇男〟という名前に心当たりはありませんか?」

彼女は面食らったふうに、まばたきしながらふたりを見た。「そんな名前、ぜんぜん知りませんけど」

「よく考えてみてください。蛇男は、あだ名です。あるドイツ人の精神科患者につけられたあだ名。本名はブルーノ・タンツァー」

デラが首を振る。

「タンツァーはみずから命を絶ちました。一九二一年の秋、自殺したんです。じっくり考えてみてください。本当にブルーノ・タンツァーをまったく知らないのですか?」

「そう言われても、何の話だかさっぱりわかりません」

「ならば結構」とスペクターが毅然とした態度で言った。「わずかな望みをかけていたのだが。さて、今夜の演技はうまくいきそうかね?」

「大丈夫よ。ありがとう、ジョセフ。わたしのこと知ってるでしょ。舞台の上にいるときは、何もかも順調」

スペクターの目配せを受けて、警部補が口を挟んだ。

「すごく疲れるでしょう」

デラが溜め息をつく。「俳優っていうのは、絶頂期でも、はかない存在なのよ。たとえばエドガー・シモンズ――彼を覚えてるわよね、ジョセフ？ つい先週、〈アイビー〉で食事しながら話したんだけど、あの人、やっとつきが向いてきて、楽でうれしい定期的な演奏の仕事にありつけた、と言ってた。ところが次に聞いた話では、彼は飛行機でどこか海外に行ったとか。それもずいぶん急だったそうよ」

「エドガー・シモンズ？ さっきルーシーもその名前を口にしていたが。何者だね？」

「エドガー？ あら、よくいる中年の男優よ。みんな似たり寄ったり。そう思わない？」

「だが、彼は姿を消したのか？」

その質問を楽しむように、デラは少し間をあけた。

「〝姿を消した〟だなんて、芝居がかった表現ね」

「〝失踪した〟のほうがいいかね？ 彼はいなくなった、そう言いたいのか？」

デラは神妙な面持ちでスペクターを見つめた。この瞬間は、修道女の役がお似合いだろう。「そうよ、ジョセフ。まさにそう言いたいの」

「最後に彼を見たのはいつだね？」

「そうねえ、一週間前かな。このあたりでよく見かけた。でも突然、いなくなった」

スペクターは微笑した。「尻に火がついて、かね？ 軽い遊びで手を出した女のひとりに、夫がいたとか」

「かもしれないわ。でも、ここで本当に言いたいのは、わたしたち演劇人には本当の意味で頼れるものなんてないってこと。具体的なものは何もない。舞台に上がって好評でも、次の日にはお払い箱かも。あっという間にそうなりかねない」

「デラ、何か悩みがあるなら打ち明けてくれないかね？」

「そんなんじゃないわ」高笑い。「感傷的になってるだけ。おかしな話だけど、殺人事件があると、しんみりした気分になるみたい」

「きみは、じつに素晴らしい経歴を積み重ねてきて、これからも長年、舞台で活躍できる。何も心配しなくていい」

デラは微笑みながらスペクターを見たが、何も言わなかった。

化粧台の上に読みかけの本が一冊あることに、警部補は気づいた。背表紙にこう書かれていた。『血の儀式』クロード・ウィーバー作。

「あなたはクロード・ウィーバーと知り合いですか？」警部補はその本に飛びついた。

「え？ 違うわよ。ただの愛読者。どうして？」

気まずい間のあと、スペクターが言った。「クロード・ウィーバーもリーズ博士の患者だった」

「あら、そう」デラは平然と言った。「奇妙な縁ね。でも、会ったことないわ」

「フロイド・ステンハウスはどうです？」と警部補。

デラの視線が素早くふたりのほうを向いた。「フロイド？ フロイドがどうかした？」

警部補の眉根に皺が寄る。「じゃあ、知り合いなんですね？」

「だいぶ昔に、ちょっと。知り合いってほどじゃないけど……」

「しかし、会ったことがあるのだね？」スペクターが、相手を落ち着かせるような声で言った。

「最近じゃないけど……」

「いつ？」とスペクター。

「お互いまだ子供のころ」

「つまり、幼なじみか？ どんな人だった、当時の彼は?」

「さあ、わからない。親しくなかったから」

　この線で押してももう無理だと感じたのか、スペクターはデラのほうへ一歩近寄った。「では、ささやかな手品を教えてさしあげよう」笑顔で言う。「さしつかえなければ」

　デラが、とまどいの表情を浮かべる。

「さあて」とスペクターは続けた。壁の食器棚から、同じかたちの大きな白いカップを三つ取り出した。テーブルの上に横一列に伏せて並べ、ポケットから小さな赤いゴム球を取り出す。指先で軽く弾いて、デラのほうへ飛ばした。デラは、マニキュアを塗ったなめらかな手でその球を受け止めた。

「その球を伏せたカップのどれかのなかに置いてもらいたい」

　デラは真ん中のカップを持ち上げ、球をそのなかに置いた。

「では」と彼は背中を向ける。「わたしにわからないように、カップを入れ替えてもらおう」

　二十秒ほどかけて、デラはカップの位置をあれこれと入れ替えた。スペクターは背中を向けて目を閉じている。木製テーブルの表面で磁器が擦れる音だけが聞こえる。警部補は何も言わずに見守っていた。

　やがて、「いいわよ」とデラが言った。

　スペクターは彼女に向き直ったが、笑みは浮かべていなかった。顔をほとんど動かさずに言った。「球がどのカップの下にあるのか、わたしにわかるはずはない。そう納得したね？　わたしは見ることができなかった」

　デラは頷いた。

「さあて、ご覧あれ」さっと前へ出て、左のカップを持ち上げると、球が現われた。「もしかして、まぐれ当たりだと思うかね？　結構。もういちど実験してみよう」

スペクターは壁を向き、デラがカップを入れ替えた。二回繰り返したが二回とも、スペクターは球の位置を当てた。

「あらゆる読心術と同じように」と彼は種明かしを始めた。「これも古くさい詐欺だ。同じかたちのカップとはいえ、手に取ると、何かしら違いがある。それを把握しておけばいい。ほら、このカップは、ふちがほんのわずか欠けている。こちらは持ち手に、髪の毛一本ほどの細いひびが入っている。こちらの底を見ると、伏せた状態で長く陽にさらされていたとみえ、いくらか変色している。裸眼ではほとんど見分けられないだろう。ましてや、こうした楽屋の薄明かりのなかでは。しかし、訓練すればすぐに発見できるのだ。もしそういった特徴がない場合は、またほかの見分けかたがある。

いずれにしろ、それぞれの傷みを見破られないような角度に調節して並べたのだよ。変色しているカップについては、わたしの影が落ちるように立ち位置を工夫した。もし変色に気づいても、明暗の加減でそう見えるだけ、と思い込んでくれるように。欠けたふちや、ひびの入った持ち手は、わたしのほうに向けておくだけでいい。人間には生まれつき、左右対称を好む心理があるから、どれかのカップの下に球を入れてくれ、とわたしに言われたきみは、真ん中のカップの下にボールを入れた。もしほかのカップを選んだとしても、べつに構わない。いずれにしろ、球がどこにあるかは、つねに正確に把握できている。もちろん、いろいろ入れ替えている途中で、きみがカップの傷に気づく可能性は排除できない。しかし、わたしは芸術家だからね。危険は覚悟の上だ。

種明かしは以上。納得したかね？」

「すっきりしないわ」とデラ。「ずいぶん単純な仕掛けだったのね。もっとびっくりするようなトリックを期待してたのに」

「しかし、奇術とはそういう技なのだよ。陳腐なものを、驚きに変える。さらに、この手品は知覚について教えてくれる。きみがどんなに目くらましを試みたつもりでも、わたしの目は、つねにきみよりも明確に状況が見えていた。きみはわたしを騙したつもりだっただろう。けれども、わたしがきみを騙し続けていたのだ」

デラは彼に笑顔を向けたものの、どこか硬くぎこちなかった。目元は笑っていなかった。

〈ポムグラニット劇場〉を出るとき、警部補はスペクターの耳元でつぶやいた。「エドガー・シモンズをめぐって、どうして大げさな反応を示したんだ？　そんな男の名前は聞き覚えがないが」

「わたしはいつも、異なる話の流れで繰り返し出てくる名前には敏感になる……」

「気を散らすのはよくないぞ」と警部補は戒めた。「いちばん肝心なのは、アンセルム・リーズ博士の事件だ。忘れちゃ困る。どこの馬の骨とも知れない俳優が消息不明になったからって、行き止まりの路地に迷い込んでほしくない。俳優のとんずらなんて、よくある話だろう？」

「ああ、確かにそうだ」とスペクターはすかさず同意した。「ただし、たいがいは、消えても誰も覚えていないがね」

ふたりは軽くまわり道して、ルーシー・レビーがせりふをしゃべっている舞台に立ち寄った。ルーシー自身のせりふではない。デラのせりふだった。主役の座を奪い取る気に違いない。

「レビー。邪魔してすまない。訊きたいことがある。わたしの興味をエドガー・シモンズに向けようとしていたようだが。何か話したいのか？」

ルーシーは、わたしに言っているのかしら、というふうに目を見開いた。「あなたは謎が好きだと聞いたから。それだけよ」

「彼は行方をくらませたんだね？　デラもそう言っていた。いつからだ？」

「さあ、わからないわ。このあたりで見かけたけど、次の日には……いなくなった」

　スペクターは警部補に向き直った。「エドガー・シモンズの住所はわかりそうかね？」警部補が無言で視線を返す。「わかっている、わかっている。気を散らすな、だろう？　しかし、わたしの関心をぜひともエドガー・シモンズに向けたがっている者が複数いるのだ。偶然の一致であるはずがないだろう？」

　警部補は、たんなる偶然だ、間違いない、と言おうと口を開きかけたが、思いとどまった。言い争ってもしかたない。言われるがまま、行方をくらました俳優の名前を書きとめた。

＊

　ふたり連れ立ってロンドン警視庁に戻った。フリント警部補は、執務室でスコッチを二杯ぶん注いで、スペクターと腰を落ち着け、その日つかんだ新事実を分析することにした。

「わたしが思うに」とスペクターが言い始めた。「われわれは、デラが関与しているという考えにとらわれすぎではないか？　彼女が何らかの嘘をついているのは間違いない。しかし、彼女が蛇男の娘であるという確証はまだない」

「そのとおり」警部補はスコッチを口に含む合間にこたえた。「こんな考えはどうかな。ちょっと変かもしれないが、我慢してくれ。もし、蛇男が自殺でなかったらどうだろう？　殺されたのだとしたら？」

「蛇男の死に関する報告は大ざっぱなものだ。殺人なのに、精神を病んで自殺したようにごまかすのは簡単だろう。でもそうなると、容疑者の数は限られてくるね？　デラがタンツァーの娘でないとしたら、博士の現在の患者のうち誰かが関わっている可能性はまずない」

「そうだ。しかし……リディアなら可能性がある」

「いや、幼すぎる！　蛇男が死んだ当時、リディアはほんの十歳だったんだろう？」

「生まれつき、邪悪な念を持つ子供もいる」と警部補は物知り顔で言った。

「では、こういうことかね。リディアは――十歳にして――父親の診療所に忍び込み、患者のひとりの喉を切り裂いた？　大のおとなの喉を？」

警部補は、どう考えても理にかなう反論をした。

「おとなとはいえ、鎮静剤で意識を失っていた。過去、もっとはるかに奇怪な犯罪を起こした子供だっている」

「しかし、もしきみの説が正しければ、なぜリディアはみずから手を下した恐ろしい犯罪に注目させたいのだろう？　わたしたちに、あえて蛇男の話を持ち出したのはなぜだ？」

「前にあなたも言ってたじゃないか、スペクター。われわれがいま扱っているのは異常心理だ」

「しかし、彼女にはアリバイがある」

「証言したのはボウマンだろ？　あいつは大馬鹿者だ。きょうが何曜日かすら知ってるかどうか。リディアに命じられれば、そのとおりの証言をするだろう」

「それは同感だがね。しかし、〈サボイ・ホテル〉の従業員たちの証言もある。加えて、〈パルミラ・クラブ〉では、第三者の証言も複数ある」

「いやまあ」警部補にいらだちがにじみ始めた。「彼女がどんなトリックを使ったかはわからない。今回の事件全体からみて、犯人はきわめて頭がいい。ふてぶてしいやつだ。われわれの鼻先に真実をぶら下げて、こっちには見抜くだけの知恵がないと高をくくっている」

スペクターは椅子に背を預けた。「そうかもしれないね。わたしたちが追っているのは、捕まることを恐れない大胆な殺人犯だ。自分の命に価値を見いだせなくなった人間。いつの日も、そういう人間がいちばん危険だ」警部補の目を見た。「用心しないといけない。慎重に進まないと」

ともにグラスを飲み干し、スペクターは警部補におやすみを告げた。外はもう暗かった。スペクターがタクシーを呼び、夕闇のなかに消えていくのを、警部補は窓から見送った。不意に、執務室のドアの前で、誰かが遠慮がちにうろついている気配に気づいた。

「何の用だ、フック？」

「悪いお知らせが、いくつか」警部補の目を正面から見ることができなかった。

「どんな知らせだ？」

「ブルーノ・タンツァーの娘です。たまたまスペクターさんと話していらっしゃるのが一部、耳に入ったのですが、あいにくその線は無理です。娘は一九二九年にベルリンで死亡しています」

警部補はその情報を嚙みしめて、大きく息を吐いた。

「死因は？」

「自殺です。じつはそのう、喉を切り裂きました」

警部補は目を閉じ、手のひらを額に力強くこすりつけた。「じゃあ、手がかりの糸はそこで切れた、と」

「残念ながら、そのようです」

「タンツァーには、ほかに血縁者もいないし、これといってつながりのある人物もいない」

「あいにくのお知らせで申し訳ありません。この情報の線に期待を寄せていらしたようですが」

一拍おいて、警部補が言った。「きみのせいじゃないよ、フック。わたしは家に帰る。ひと晩ゆっくり休んで、考えを整理する必要がある。きみもそうするといい。ただ、その前に頼みがあるんだ。帰る途中でスペクターのところに寄って、その悪い知らせを伝えてくれ」

＊

ジェローム・フック巡査部長は、法と秩序を重んじる血筋に生まれた。この種の職に就くのは、一族で五人目だ。いままで彼が知っていることといえば、法と秩序の遵守のみ。これからも変わらないだろう。神の思《おぼ》し召しでいつか息子を授かったら、やはり、遵法の精神を吹き込んでやるつもりでいる。生まれてこのかた、食べ、眠り、そして上からの命令にひたすら従って過ごしてきた。しかし、この二十五年間、ジョセフ・スペクターのような人物には会ったことがなかった。ましてや、ジュビリーコートにあるスペクターの自宅のような場所を訪れるのは初めてだった。

その家で世話係を務めるクロチルデは、二十歳前後の痩せこけた女性で、肌は磁器のように青白く、赤褐色の髪を巻いて後頭部に束ねている。表情を変えず、戸口でフックに探るような目を向けた。

「スペクターさんに会いたいんです」落ち着きなく靴の裏で敷石をこすり、両手をどうしていいか困りながら言った。世話係は無言のまま、少し首をかしげ、脇によけてフックを家のなかに通した。

手品師の自宅とはこういうものなのだろうか。廊下は何の変哲もなかった。床はオーク材の羽目板で、埃をかぶったガス灯が薄暗く照らしており、リーズ博士の家と大差ない。しかし、書斎に案内されて足を踏み入れると、そこはまるで別世界だった。

「おやおや！」フックの姿を認めたスペクターが、心から喜ぶかのような声で迎えた。「わたしの聖域へようこそ」

驚くべき部屋だった。壁には、昔の興行のポスターが所狭しと張られている。その多くには演目のなかに「華麗《スペクタキュラー》なるミスター・スペクター」とある。めくるめく色彩の奔流。まるで、老いた魔術師の不可思議な脳に入り込んだかのようだ。棚にはもちろん本がぎっしり詰まっているが、この書斎は記念品の展示室か博物館のようでもあり、奇怪で見事な舞台小道具で埋め尽くされていた。黄色い液体が満たされた背の高いガラス容器のなかに、フィジーの人魚が浸かっている。かと思えば、先住民が儀式に使うような人間の干し首が、耳の穴を通じて数珠つなぎになっている。さまざまな時計仕掛けの小物。豪華なビロードのカーテンがかかった酒瓶の棚。タロットカードなど、霊術に関わる品々もある。驚くことに、この部屋には一対の香炉まであり、古風な、しかしどこか威嚇的な薄煙が漂い、いまにも暗黒の儀式が始まりそうだった。

「親指トムの骨に気をつけてくれたまえ」とスペクターが言った。フックはとまどいながらも、ドアの横のワイヤーフレームに靴の泥落としのように吊るされた小さな骸骨にぶつかりそうになった。

　ふたりは暖炉のそばに座った。火の光に照らされたスペクターは、別人のようで、生身の人間ではなく蠟人形にしか見えなかった。本人もそれが自分に似合っていることを知っているのだろう。「紅茶でも飲むか、巡査部長？　それとも、もっと危険な混ぜ物がいいかね？」

「紅茶で結構です」とフックは言った。興ざめな青臭さが声ににじまないように努め、どうにか言い終えた。

「クロチルデ」とスペクターは呼びかけ、無言の世話係を見やった。彼女がふたたび機敏に部屋を出て行く。

「さて、どのような用件かね？　警部補がきみをここに寄越したとなると、よほどの緊急事態に相違あるまい」

「悪いお知らせです。デラ・クックソンは蛇男の娘ではありません」

「なぜ断言できる？」

「蛇男の娘は一九二九年に自殺しました」

　スペクターはこの新事実を咀嚼した。「そうだったか。まあ、デラを娘とみるのは無理があった。警部補はだいぶ落胆しているだろう。しかし、わたしはそうではない。この事件は多様な側面を持っている。多様すぎるくらいに。たとえば、これだ」

座ったまま向きを変え、かたわらの蓄音機のスイッチを入れる。一台のバイオリンの音色があふれ出した。引き締まった旋律でありながら、希望に満ち、漂うようなしらべ。まるで、地上で繰り広げられている殺戮をよそに大空を舞う鳩のようだ。

「フロイド・ステンハウスだよ」とスペクターは言った。「素晴らしい演奏だろう?」

返事に詰まって咳払いしたあと、フックはこたえた。

「たいした才能ですね」

「もちろん、天才と狂気は表裏一体だ。歴史がそう物語っている。リーズ博士の手記から推測すると、ステンハウスは潜在意識に苦しめられている。彼は夢を見る——恐ろしい夢を。エドガー・アラン・ポーの陰鬱な想像に匹敵するほどの、怪奇な夢だ。これを聞いてくれたまえ」

スペクターは手を伸ばし、蓄音機の針を持ち上げた。音量がだんだん小さくなるのではなく、引っかくような雑音とともに突然、曲が止まった。続いてスペクターは、机上の手記に目をやった。「ここに二週間前の記録がある。『夢のなかで、患者Aはいつものようにベッドで熱にうなされながら寝ている。全身から汗がにじみ、腸がねじれるような痛みで痙攣している。やがて、彼は自分がひとりではないことに気づく。寝室の窓の向こうに、月明かりに照らされ、人影が浮かんで見える。黒い服を着た誰か。正体はわからないものの、その人影が自分の苦しみの元凶であることを彼は知っている。彼はベッドの脇のテーブルに置いてあった何かをつかんで、その人物に投げつける。次の瞬間、その人物はガラスの破片のなかに消えた。そして患者Aは、自分が割ったのは窓ではなく鏡だったことを悟る』」

「何が何だか、さっぱりわかりません」

「そうかね？　面白いとは思わないか？　少しも面白くない？」

「覗き見している気分です。夢は本人だけのものでしょう」

「もっともだ。しかしステンハウスは、自分の夢をほかの人に知ってほしくてたまらないらしい。記憶に新しいうちにと、夜中にリーズ博士に電話をかけ、あらたな悪夢を語り聞かせたほどだ。明らかに、博士も、この音楽家の夜驚《やきょう》症に多大なる関心を寄せていた。世に発表すれば、またしても大反響を呼ぶと予感したのかもしれない」

「何をおっしゃりたいんです？」

「一つ質問にこたえてくれ、フック。ステンハウスが夢の内容を話し始めたとき、リーズ博士の即座の反応はどうだったかな？」

「すぐに書きとめ始めました。紙の上でペンが走る音を、ミセス・ターナーが聞いています」

「そうだとも！　博士はすぐさまメモを取り始めた。では、こたえてくれ。そのメモはどうなったのか？」

　フックは返事に窮した。「現場に残されていたいちばん新しいメモは、ミセス・ターナーが夜食を届ける前に書いたものです。それ以降のメモはいっさい見つかっていません」

「ということは？　犯人はノートの該当ページを破ったのだろうか？　そのページには、ほかに、警察には見られたくない何かがあったのかもしれないね」

「でも、なぜ？」

　スペクターは口元を緩めた。「ようやく、われわれは正しい疑問点にたどり着いたようだ」

＊

　帰宅したフリント警部補は、いくらか気が紛れた。妻が、彼の前にシチューの深皿を置いた。貪るように食べながら、彼は合間に短いうめき声を挟んだ。妻のジュリアは我慢強い女性で、事件に没頭している夫に過度な期待をしてはいけないと心得ていた。しかし、薄暗い居間の炉辺に座った彼が、生気のないうつろな目をしているのには、さすがに少し驚きを隠せなかった。ほどなくして、彼はうたた寝を始めた。両手の指を腹の前で絡めている。ジュリアはコーヒーのポットを持って部屋に戻ってきたが、夫が眠っているのを見て、一つ舌打ちをすると、ひとりでベッドに入った。

　リーズ博士の死のポーズを無意識に再現するかのように、警部補は椅子にふんぞり返って、いびきをかき始めた。しかし、一見すると安らかな眠りのようだが、じつは悪夢に見舞われていた。

　ふと気づくと、彼は、ドアも窓もない部屋のなかにいた。出ることも入ることも不可能だ。馴染みのある場所なのに、どこか空恐ろしい。不気味な威圧感を覚える。周囲を見回した。仕掛け板か、隠し部屋があるのでは、と壁を探ってみる。部屋の奥に、人間大の木箱があった。一気にせり上がってきた恐怖に突き動かされ、彼は椅子の腕をつかみ、立ち上がった。

「博士」と声がした。女の声。しかし小さな、機械的な声で、まるで目に見えない蓄音機から流れてくるようだった。「博士？」

「何の用だ？」とこたえようとしたが、喉から何の音も出ない。

「博士……」

　彼はゆっくりと木箱に近づいた。

「博士。お客さまがおみえです」

　彼の手は木箱の鍵の上に置かれた。それを開けようとしたとき、なんと、勝手に錠が外れた。きしむ音を立てながら、蓋が上に開く。そして木箱のなかから、人影が立ち上がり始めた。

　声もなく息を呑み、警部補は後ずさりした。その人物――形状のない影の集合体――がせり上がり、彼を見下ろす高さになった。目の焦点が定まらないものの、影の正体はコートを着て帽子をかぶった男らしい。

「何者だ、おまえは」警部補は声を絞り出した。

「博士！」実体のない女性の声が繰り返される。「お客様がおみえです」

　警部補は、覚えのある恐怖が胸のなかにこみ上げてくるのを感じた。影の男が、手袋をはめた手を伸ばしてくる。そこに至って、男の顔にゆっくりと焦点が合った。それは人間の顔ではなかった。血と胆汁にまみれた鋭い歯が二列に並んでいる。目は黒く光っている。それは、人間ほどの大きさの大蛇の顔だった。

　下腹部が縮み上がる思いで、警部補は目を覚ました。暖炉の火は燃え尽き、居間のカーテン越しに朝陽が射し込んでいる。彼は荒い息をしながら、上半身を起こした。汗でシャツがびっしょり濡れているのに気づき、閉口した。老け込んだ気分で、ゆっくりと立ち上がった。両膝が震えている。よろめきつつ、水を求めて台所へ向かった。

第三部　詐欺師の物語（一九三六年九月十五日〜）

「おかしいよな、これ」とブルースが言った。「どう考えてもおかしい。僕がきみの犯罪の証拠をつかもうとしてるあいだ、みんなは、きみが僕の犯罪の証拠をつかもうとしていると思い込んでた」

「わたしは、こつを心得ていてね」とビューレイは、いたって真顔だった。「そういうふうに仕向けることができるんだよ」

――カーター・ディクスン『青ひげの花嫁』

べつに彼らは、解決策を見いだせないわけではない。そもそも問題を見きわめられないのだ。

――G・K・チェスタートン『ピンの先』

幕間（Ⅱ）ウィーバー氏の買い物

一九三六年九月十五日（火曜日）

〈モリソンズ金物店〉は、ポートベロー通り沿いでは、こぢんまりした店だ。大きな四角い陳列窓に、調理向けの鉄製品、洗濯物の手動絞り機、洋服だんす、釣り竿、十徳ナイフなど、種々雑多な商品がひしめいている。店主のヘンリー・モリソンが、入り口に掛かった札を引っくり返して〝営業中〟にした直後、クロード・ウィーバーがあたふたと店に入ってきた。青白くやつれた顔だったが、勘定台に歩み寄ったときは、態度も話しかたも完璧に落ち着いていた。毅然とした明瞭な口調。

「それをもらいたい」勘定台の向こう側の壁にあるガラス棚のなかの品を指差す。

「おはようございます、お客様」と店主が応じた。

「早くしてくれ」クロードは懐中時計を見ながら言った。

　年配の店主は無言でガラス棚の鍵を開け、品物を取り出した。無愛想を嫌い、必要なだけ時間をかけたがる男だった。棚を開けるのにも時間をかけ、そのあいだに、早朝おもてから急に入ってきたこの風変わりな客を観察した。肌が青白く、頭が禿げかけていて、最近少し痩せたのか、首と顎のまわりの皮膚がたるんでいる。

「それで、お客様はどんなわけでこのような品物をお求めに？」

「わかるだろう？　護身だ！　自分を守るために必要なんだ」

　思いがけない芝居めいた一場面を楽しむふうに、

店主は身を乗り出した。「敵がいらっしゃるんですか？」

「拳銃を売る気があるのか、ないのか、どっちだ？」とクロードは鋭く言った。

しかし、その言葉が終わる前に、店主は金銭登録器に売り上げを打ち込んでいた。

12　落とし戸

九月十六日は、めいめいが手を尽くしながらも、五里霧中のまま過ぎていった。誰もが懸命だった。スペクターさえも。とはいえ、彼がどんなつもりなのか、傍目には理解できなかっただろう。なにしろ彼は、〈ポムグラニット劇場〉があるストランド通り沿いのあちこちのパブやバーで、俳優のたぐいと酒を飲み交わしていた。いろいろな相手が、行方不明のエドガー・シモンズについて話してくれた。

「いい奴ですよ」二杯目のピンクジンを飲みながら、メイビス・レフリーが言った。「でも最近、ずいぶん傲慢な態度だった」

「どんなふうに？」

「おれたちみたいな職業は、ある年齢まで達すると、仕事を見つけるのが急に難しくなる。なのに、エドガーの野郎、運がまわってきたと成功をちらつかせやがって。聞いてるこっちは、いらつくよ」

誰からの話も似たり寄ったりだった。もう若くない俳優のエドガー・シモンズは、突然、金回りが良くなって鼻高々だったという。しかし、それ以上の詳しい事情はひとりも知らなかった。さいわい、フリント警部補からもたらされた知らせにより、シモンズが最後に寝泊まりしていた下宿の住所はつかめている。スペクターは、ウエストエンド地区で俳優たちがたむろするバーにひととおり立ち寄り、情報源（と肝臓の許容量）が尽きたところで、その下宿へ向かった。

下宿の女主人は赤い髪をしていた。まるで鮮血。見たこともないほど際立った赤だ。それでいて、顔が不気味に白い。彼女の容貌を見て、スペクターは、十六世紀後半に在位したエリザベス一世を連想した。以前読んだ本の人物描写によれば、老いた女王の首から上を覆っていたのは、肉よりもむしろ、かつらと白粉《おしろい》だったらしい。女主人が話す言葉にはヘブリディーズ諸島の訛りがあり、音楽的な響きすら感じられて、スペクターは一日じゅう聞いていても飽きない気がした。しかし女主人のほうは、明らかに、すぐ本題に入りたがっていた。かび臭い老人を自分の素敵な家から一刻も早く追い出したいようすだった。

「シモンズですって？」と彼女は言った。「わたしの前でその名前を口にしないでちょうだい」

「つまり、ありがたくない間借り人だったのですね？」

「間借り人として暮らしているうちは、何の問題もなかったわ。いつも静かで、きちんとしていて。ただ、腹立たしいことに、突然、荷造りして出て行ってしまったのよ。家賃の精算もしないで」

「それはいつ？」

「土曜日。それ以来、姿を見せないし、連絡もない」

「いままでに、そんなことは？」

「ないわ。いちどもない。でもほら、人間って急に本性を現わすものでしょ」

スペクターの脳裏に、ドリスヒルにあるリーズ博士の家の玄関に立つ、影のような人物の姿が浮かんだ。長い外套を着て、帽子のつばを眉まで下げ、口元にスカーフを巻いていた男。使用人のミセス・ターナーをひどく不安にさせ、捜査の周辺に妙にちらつき続けている、謎の訪問者。あれはエドガー・シモンズだったのだろうか？

＊

フリント警部補はこんな日が嫌いだった。汗水たらして働いたのに、成果なし。新しい情報も手がかりも見つからない。

午後七時、もう帰宅しようかと思った矢先に、机の上の電話が鳴りだした。

気遣わしげに、警部補は受話器を取った。「フリントだ」

「フリントさん、助けてください」その声はフロイド・ステンハウスのものだった。ひどく具合が悪そうに聞こえる。「すぐに来てもらえますか？」

「どうして？　何がありました？」

「追われてるんです」

「誰に？」

「わかりません。いままで見たこともない男です。でも、僕のあとをつけている。それだけは確かです。僕は、練習部屋にいたんです。でも、その男は僕を尾行して、自宅まで来ました。いまはもう、この建物のなかに侵入していると思います」

警部補は指を鳴らし、目の前の白紙の束を指差した。内勤の巡査部長が意図を解して、鉛筆を差し出してくる。「いま、どこにいます？」

「自宅のアパートメント。デュフレスンコートです。男はこの建物内にいます。フリントさん、大急ぎで来てください」

「そこにいて。どこにも行かないでください。いま駆けつけます」警部補はそう告げ、電話を切った。

フック巡査部長の姿は見当たらなかった。控え室を覗いたところ、署内でも屈指のたくましい体格の制服警官が二名いた。ブリーム巡査とハロウ巡査。制服で威厳を示せるうえ、見た目の貫禄も申し分ない。警部補はふたりにデュフレスンコートへの同行を求めた。

車で移動した。狭い車内だったが、警部補は少量の煙草をパイプに詰め、火をつける余裕もあった。

十分もしないうちに、例の巨大なアールデコ建築に到着した。警部補は威厳たっぷりの足取りで玄関口を抜けた。

守衛のロイスが、新聞のクロスワードから顔を上げた。

「何かご用でしょうか？」

「フロイド・ステンハウスさんに会いに来た。われわれは警察の者だ」

エレベーターに歩み寄り、警部補は表示板を見上げた。金属製の扉の上に並んだ電球からみて、エレベーターはいま四階に止まっている。「時間がない」と言いながら、階段へ向かった。「四階だ。踊り場を挟んで、階段の折り返しが八つ。今晩の体調は万全かな、諸君？」言い終わるが早いか、一段飛ばしで階段を駆け上がり始めた。警部補はほとんど汗をかかずに四階に着くと、ふたりの警官を従えて、ステンハウスの部屋に行った。玄関のベルを押す。すぐには返事がない。重い拳でドアを叩いた。それでも返事がない。警官たちに視線を送りつつ、もういちどノックしようとしたとき、扉の向こうから弱々しい返事が聞こえた。呼吸音ほどのわずかな響き。「誰です？」声が震えている。

「フリントです」

扉の裏側で、いくつもの錠や鎖が外された。最後に鍵が回る音がして、フロイド・ステンハウスが顔を覗かせた。脂汗が浮き、やつれている。三人をなかに入れたあと、首を突き出して廊下を眺め、不審者がついてきていないかを確認した。それから強くドアを閉め、敵の侵入を防ぐかのように、背中を扉に押し付けた。

「さて」と警部補は言った。「いったい何の騒ぎです？」

「どうかしていると思ってるんでしょうね。でも、被害妄想なんかじゃありません。信じてください。あいつは、ここのどこかにいるんです。この建物のなかに。僕を殺そうとしている」

警部補はパイプをくゆらせて言った。「ひとまず、向こうに座りましょう。最初から順を追って全部話してください」

三人は、柔らかいソファーに腰を下ろした。座面が深々と沈み込み、膝頭のあいだに顔が埋まりそうなほどだった。ふたりの警官は明らかに居心地が悪そうだったが、それをよそに、ステンハウスが打ち明け話を始めた。「グッジ通りの練習部屋を出たところで、その男を見かけたんです。最初は、べつだん気に留めませんでした」震える手で、自分用のブランデーを注ぐ。琥珀色の液体が、木製の調理台にぼたぼたとこぼれた。

「何か飲みますか、みなさん？」

「いや結構」制服警官が口を開く前に、警部補はこたえた。「話を続けてください」

「一回も会ったことがない男です。黒の長い外套を着て、つばの垂れた中折れ帽をかぶっていました。なぜか、顔を隠すみたいに。もし顔を見られたら、僕が正体に気づくんじゃないか、あるいは正体を思い出すんじゃないか、というふうに。首にはスカーフを巻いて、口元まで覆っていました」

「顔の特徴はわからなかったわけですね？　じゃあ、

どうして会ったことがないと言い切れるんです？」

ステンハウスは唇を湿らせたあと、ブランデーをもうひと口飲んだ。「僕が人間嫌いだと思われてるのは知っていますし、実際そうなんでしょう。ロンドンで知り合った人なんてごくわずかです。いずれも親しい友人になりました。みんな、悪ふざけなんて絶対にしない連中です。まあとにかく、初めは、その男なんてとくに気に留めなかった。でもチャリングクロス行きのバスに乗ったら、またその男がいました。最終的にここに帰ってきて、建物に入るまぎわにも、そいつが背後で道を渡ってくるのが目に入ったんです」

「ハロウ巡査」と、警部補は制服組のひとりに言った。「下へ戻って、守衛に訊いてきてくれ。このへんをうろついている男を見なかったか、と。それから、あのエレベーター係の少年も捕まえないとな」

「ピートのことですか？」とステンハウス。「ピートがどうかしましたか？」

「さっきここに着いたとき。姿がなかった」

「あの少年は信用できない」ステンハウスがブランデーを飲みながら続けた。

「さて、慎重にこたえてもらいたいんですがね、ステンハウスさん。誰かに尾行される理由に心当たりは？」

「脅迫ですよ、フリントさん。あいつはきっと……よくわかりませんが、僕が何か秘密を知ってると思っているんでしょう」

「何についてです？」

「もちろん。殺人についてです」

「率直に言わせてもらいますが」警部補は窓から石畳の中庭を見下ろしながら言った。「あとをつけてきたその男は、リーズ博士が殺された夜にドリスヒルを訪れた男と同一人物である、とあなたは決めてかかっているようですね」

「だって、ほかに誰がいます？」

「いくらでもいると思いますよ。わたしだったら、現実問題として誰であってもおかしくないと考えるでしょう。その男が殺人事件と関係あるはずだなんて、どうして確信したんです？」

「目つきがかもし出す雰囲気ですよ。フリントさん。瞳の奥に、独特の雰囲気を持っていました」

警部補はもうひとりの警官に目を向けた。「ブリーム巡査、ここにいてくれ。一時《いっとき》たりともステンハウスさんをひとりにしないように。いいな？　わたしはハロウ巡査と守衛に話を聞きに行って、そのあとこの建物を隅から隅まで捜索する。何か物証が見つかるかもしれない」

警部補は、がらんとした廊下に出て、エレベーターのほうへ向かった。タイル床の上で足音が空虚に響く。ロンドン警視庁で長年の経験を積んだ身でありながら、首の後ろに恐怖が這い上がってくるのを感じた。髪の生え際を逆なでされる思い。拳銃を持ってくるべきだった。

エレベーター内は無人だった。あの少年はどこに行った？　それが最初の謎だった。ハロウ巡査とともに乗り込んで、一階のボタンを押した。

ふたりは、玄関口のデスクにいる守衛のもとに戻った。「不審な人物が入ってくるのを見なかったか？」

守衛のロイスは驚いた。「いいえ、まさか。あなたがた以外だと、一時間前にステンハウスさん本人が帰ってきただけです」

「誰かに尾行されてなかったか？」

「そんなところまでは知りませんよ」

警部補はうめいた。「ピート・ホッブズはどうした？　あのエレベーター係の少年は？」

「たぶん、休憩して煙草を吸ってるんでしょう。あいつ、そういった〝休憩〟が一時間以上続くことが、ざらなんです。上司に報告済みですよ」

「われわれが到着したとき、すでにいなかった」

「ですからね、あいつの職務怠慢はしょっちゅうなんです。申し訳ない」

「きみが謝る必要はないが、いまどこにいる？　エレベーターは四階まで上がっていて、誰も乗っていなかった」

ロイスの返事はなおも要を得なかった。「お詫びするほかありません。たぶん、建物の裏の庭にいるのでは？　ご案内したいところですが、わたしとしても持ち場を離れるわけにいかないもんで」

警部補はハロウ巡査を連れ、ロイスが手で示した通用口へ向かった。そこから台所と洗面所を通り抜け、石畳の裏庭に出た。漂っている夜気が冷たい。外に出たとたん、警部補は軽く身震いした。エレベーター係のピートはどこにもいなかった。

「ここにいてくれ」と警部補はハロウ巡査に言い残し、裏庭を横切った。彼の視線は、庭の向こうにある路地をとらえていた。その路地は間違いなく、反対側のおもて通りにつながっているはずだ。路地に近づくうち、静けさが妙に気になり始めた。まるで繭のように、彼の全身を静寂が包み込んでいる。風はない。背後の窓の明かりが、裏庭に物憂げな明暗を生み出している。しかし、その先の路地は完全な暗闇だった。

「ピート！」警部補は大声で呼びかけた。「ピート・ホップズ！　そこにいるのか？」

黒い影が――素早く動く黒い物体が――彼の視界をよぎった。「ピート！　きみか？」

その影は立ったまま動こうとしない。警部補は、煮えたぎるような視線を感じた。見えない両目が、怒りに燃え、こちらを凝視している。「おい誰だ？　誰だ、そこにいるのは？」

彼は初めて、自分がいかに無防備かに気づいた。物陰にいる相手を見定めることができず、動きを把握できない。なのに手元には武器どころか、松明すらない。

その男は――男としか思えない――路地の入り口に

動かずに立っている。視認できる特徴はなく、コートや帽子さえ見えない。警部補は暗闇のなかへ踏み込んだ。

と突然、一発の銃声。

銃声が〝響きわたる〟という陳腐な表現があるが、この場面ではまさにそのとおりだった。戦慄すべき恐ろしい反響音があとに続いた。庭を囲む四方の壁から、身の毛のよだつこだまが返ってくる。警部補は顔から飛び込んで地面に伏せたが、弾丸は大きく外れたらしい。銃声がまだ消えないうちに、路地を走り去っていく足音が聞こえた。

ふと気づくと、ハロウ巡査が駆け寄ってきていて、警部補は抱き起こされた。いまだ息も絶えだえで、自分が間一髪で命拾いしたことをまだまともに理解できなかった。「奴は——路地の奥に逃げ込んだぞ。追え、ハロウ。だが、くれぐれも気をつけろ！　奴は武装している」ハロウ巡査がすさまじい勢いで走りだし、消えた影の男のあとを追った。

警部補は足を引きずりながら、路地の入り口に近寄った。奥にある街灯が、細く延びる路面をかすかに照らしている。ごみ箱と木製の空箱がいくつか見えるだけだ。しかし、少し進んだとき、靴が何かをかすった。ひざまずいてマッチの火で照らしてみる。さっと燃え上がった小さなオレンジ色の炎のなかに、一挺の回転式拳銃が浮かび上がった。銃口からは、細い煙の渦。

「誰なの？」恐怖にすくんだ、小さなかすれ声がした。

警部補は、からだごと振り向いた。マッチの炎に、デラ・クックソンの顔が照らし出された。

「発砲したのは誰？」眉間に皺を寄せ、だらしなく口を開けたまま、啞然とした表情を浮かべている。こんな顔つきの写真を安っぽい芸能誌にでも載せられたら、本人はたまらないだろう。

「デラさんでしたか」警部補は安堵の溜め息をついた。

「いったいぜんたい、あなたは何をしにここへ来たんです?」

＊

警部補とハロウ巡査がデュフレスンコート一帯の捜索に取りかかるころ、ブリーム巡査はフロイド・ステンハウスとふたりで四〇八号室に残っていた。ステンハウスから煙草を差し出され、喜んで受け取った。しかし、まだ火をつけないうちに、ドアの呼び鈴が鳴った。火つきの悪いマッチを何度か擦っている最中だったステンハウスが、全身に電気が走ったかのように、一瞬、身を震わせる。

「何だ?　誰なんだ?」

「ご心配なく」とブリーム巡査は言い、火のついていない煙草を口から離して、あとで吸おうとポケットに忍ばせた。「なあに、警部補ですよ。戻ってきたんでしょう」

「でも気をつけたほうがいい。それだけは忠告しておく」

ブリーム巡査はドアに向かって歩きだした。しかし、近づけば近づくほど、歩みが遅くなった。このアパートメントの不気味な感じが気に入らない。ドアの向こう側で待っているのは、はたして誰なのだろう?

ドアノブに手をかけた。

「警部補ですか?」呼びかけたが、返事はない。

ひと呼吸してから、扉を開けた。

目の前に広がっていたのは、人けのない廊下だった。一歩出て、あたりを見まわしたが、誰もいない。

「誰だった?」背後からステンハウスの震える声がした。

「誰もいません」困惑しつつ、こたえた。

「ええっ?」こんどはステンハウスが、巡査の肩越しに顔を突き出し、廊下の左右を見た。そのとき、銃声が聞こえた。

「いまのは何だ？」ステンハウスが金切り声を出した。もはや恥も外聞もなく、自制心を失っている。

「銃声です。下のどこかですね。わたしも駆けつけないと」

「それなら僕もいっしょに行く」

「いえ、やめておいたほうがいいでしょう」

「僕にひとりでここに残れって言うのか？　銃を持った奴が何人いるか、わかりゃしない。大挙して襲ってきてるかもしれないんだぞ」

「まあ、そうおっしゃるなら」とブリーム巡査は妥協し、肩をすくめた。「きょうがあなたの命日になっても知りませんよ」

ふたりで廊下に出た。ブリーム巡査は階段へ向かう。

「どこに行くんだ？」とステンハウス。

「歩いて下ります」

「なぜエレベーターに乗らない？」

「ついてきてください。こういった状況では、金属製の箱に閉じこもるよりも、広い空間にいたほうが安全なんです」

一階に着くと、ブリーム巡査が先に立ち、玄関ロビーに出た。守衛のロイスは、受付デスクの向こう側で震えているようすだった。

「何事です？」と彼がわめいた。「何が起きているんですか？　自分で見に行きたいけれど、この持ち場を離れるわけには……」

「心配いりません」とブリーム巡査はさりげなさを装った。「われわれ警察がいるんですから」

彼は、ステンハウスを引き連れて、裏庭へ向かった。しかしその途中、息を切らしたフリント警部補と——奇妙なことに——デラ・クックソンに出くわした。

「きみたちふたり、ここで何をしている？」と警部補は厳しい口調で言った。「なぜ下りてきた？　部屋から出るなと命令したはずだ」

「いえ、そのう——手伝えることがないかと思いまして」とブリーム巡査は言いよどんだ。

「だからって、ステンハウスさんまで連れてきたのか？　まったく、少しは頭を使え。どうせ、きみができることなんかない。銃を持った男がいたが、すでに逃走中。ハロウ巡査が追いかけたものの、逃げられた。わたしたちは不意打ちを食らったんだ」

「ハロウ巡査は、いまどこに？」

「まだ外だ。証拠品の収集にあたっている。さあ、ステンハウスさんを部屋へお連れしよう。あなたもどうぞ、デラさん。少し訊きたいことがあります」

一行が玄関ロビーに戻ると、守衛のロイスはまだ恐慌状態だった。「どうしたんです？　何が起きてるんです？」と大声で言う。

「裏庭で、ちょっとした騒ぎがあった。しかしもう終わった。心配するな」

警部補を取り囲むように、全員が受付デスクのまわりに集まり、事の経緯を聞き出そうとした。発砲したのは誰か？　狙われたのは誰なのか？　そうこうするうち、ハロウ巡査が息を切らしながら戻ってきた。

警部補はデラ・クックソンに目をやった。「デラさん、ここで何をしているのか、説明してほしいですね。嘘は勘弁してもらいたい」

デラが溜め息をつく。「さすがに、ごまかしようがなさそうね？　あなたを訪ねてきたのよ、フロイド」

「フロイド・ステンハウスさんに会いに、この自宅まで？　なぜそんな真似を？」

デラの顔に不敵な笑みが浮かぶ。ステンハウスは狼狽を隠そうとまばたきを繰り返し、周囲の誰とも目を合わせなかった。

「会いに来ちゃいけない、なんて法律はないでしょ。ご存じだったんじゃなかったかしら、彼とわたしは古い知り合いなのよ。いまでもときどき連絡を取り合ってる。そうよね、フロイド？」

「そうなんですよ、警部補」とステンハウスは口を開いた。「幼なじみです」

警部補は鉛筆の先で手帳を叩いた。デラに視線を向ける。「わたしの質問にこたえていないようですが」

「フロイドにお願いがあって来たの。個人的なお願い。警察には関係ない話で、言わなきゃいけない理由なんかないはずよ」

「おわかりと思いますが、これは少々、あなたにとって厄介な状況ですよね、デラさん。あなたが犯罪の発生時に現場を訪れたのは、これで二回目です。二回とも、どんな用件で来たのか、まともに説明できない。二つの出来事のあいだに、ただならぬ関係あり、とみるのが自然でしょうね」

「いいわ」と彼女はきっぱり言った。「あなたが知る必要があると――どうしても知る必要があると――おっしゃるのなら、白状します。フロイドに会いに来たのは、お金を少し借りたかったからです」

警部補は一瞬、狼狽した。守衛のロイスが目立たずに聞き耳を立てていることに急に気づいた。「話の続きは、上の部屋でしましょう」

一行はエレベーターへ向かった。フリント警部補、デラ、ステンハウス、ふたりの巡査。いちどに全員が乗り込んだら、窮屈に違いない。しかし、また数人ずつの別行動になると、ろくなことはなさそうだった。エレベーターの自動扉が滑るように開いた。警部補は凍りついた。

彼の足元のすぐそば、エレベーター内の床に、なにやら物体がある。最初は、麻の布袋かと思った。しかし、一歩近づいた彼は、それが胎児のように身を丸めたピート・ホッブズだと気づいた。

「下がって」と彼はデラたちに言った。状況を確認するため、ふたりの巡査とともに、かご室に入る。デラは口を手で覆い、恐怖のあまり目をそむけた。警部補は、ピートのからだに覆いかぶさり、鼻孔の下に手のひらをかざした。吐く息が感じられない。

「死んでいる」と警部補は言った。「どうやら絞め殺されたらしい」

エレベーター係の少年の喉にロープが巻きついていた。ロープがきつく食い込んだせいで、喉から血が流れている。とてつもない力で絞められたらしい。

「しかし、わからないのは」と警部補は誰にともなくつぶやいた。「どうやってここに入ったかだ」大声で、守衛のロイスに呼びかけた。ロイスは相変わらず、デスクを離れようとしない。「ハロウ巡査とわたしが降りたあと、エレベーターは動いたか？」

「いいえ、ぜんぜん」

「じゃあ、死体はどうやってかご室に入ったんだ？ ピートの姿を見かけなかったか？ かご室が一階に止まっているあいだに、何者かがなかに運び込んだのか？」

「あり得ません。わたしはエレベーターの扉から目を離しませんでした。誰かが扉に近づいたら、見えるはずです。ひとりも近づかなかったと断言できます」

警部補は、かご室の天井を見上げた。縦横全体が、大きな四角い保守用の落とし戸になっている。だが、内側から留め金で閉まっていた。「やれやれ」と警部補は静かに結論した。「これまた不可能犯罪だな」

救急車が呼ばれ、現場の写真係をはじめとする、さまざまな制服警官が到着した。周辺を警備する者もいれば、証言を集める者もいた。しかし、何もつかめないだろうと警部補はあきらめていた。彼自身、ずっと現場にいたのだ。殺人が行なわれたまさにその瞬間にも。それでいて、いっさい何も見ていない。

警部補みずから指揮をとり、デュフレスンコートの最上階から一階まで順にくまなく捜索し始めた。じつは五階には居住者がいない。どの部屋もがらんどうで、人の暮らしの気配はなかった。四階、三階と下りながら、各階の住人を起こして話を聞いたものの、問題の銃声を除けば、誰も何も聞いておらず、銃声にしても、多くの人が車のエンジンの不調による音と勘違いしていた。どの窓にも厳重に鍵がかかっており、どこかを壊して外部者が侵入した形跡もない。

ピート・ホッブズの遺体を検分した病理医からも、捜査に光を与えてくれる情報はほとんど得られなかった。「殺害されてから一時間以内であることは断言できる。死後、非常に間もない。死因は絞殺。粗暴きわまりない凶行だ」

「ロープから何か証拠は？」

「単体でていねいに調べれば、あらたな発見があるかもしれない。だが現時点では、手がかりとしては望み薄、と言わざるを得ない。ごくふつうの長さのロープだ。工場や倉庫、造船所など、何かを縛る必要のある場所なら、どこにでもある」

「しかし、ここ一時間以内に殺された点は確実だな？」

「間違いない」

「それなら、ステンハウスは容疑者から除外できる」と警部補はつぶやいた。「ずっとわれわれといっしょだった。しかしデラは除外できないな。発砲があった時点では裏庭にいたが、その前に少年を殺していた可能性もある」

「失礼だが」と病理医がさえぎった。「女性の犯行とは思えないね」

警部補はこの意見を黙殺した。「犯人がどうやってかご室に侵入したのか、思いつくことはないかな？」

「それはあなたの管轄だ。わたしの専門分野ではない。ただ、あの守衛が嘘をついていないと決めつけて大丈夫だろうか？」

「疑うまでもない。わたしはほとんどの時間、この現場にいた。それでいて、ホッブズがかご室に入れたとは信じられない。わたし自身がハロウ巡査といっしょに降りたあと、かご室は一階から動いていない。しかも、一階に止まっているあいだ、誰ひとり乗り降りしていないんだ」

ブリーム巡査が頷いた。「つまり、裏庭で一連の騒ぎがあったあいだに死亡したわけですね」

「いまわかったよ」と警部補は続けた。「すべては煙幕だったんだ。注意をそらすための小芝居。犯人は、わたしたちをばらばらにしようと企んだ。そして実際、成功した。でもそうなると、また疑問が生じる。なぜエレベーター係が死ななければいけなかったのか？」

「何かを知ったか、見たんでしょう」

「しかし」と警部補は反論する。「エレベーターの扉は、受付からつねに丸見えだ。かご室が一階に止まっていた数分間、誰も出入りしていなかったと守衛は断言している」

「一方、わたしたちは発砲音の時点から全員いっしょにいましたよね」

「そうなると、あなたの友達の魔法使いに助けてもらったほうがいい」病理医は、場にふさわしくない冗談めいた口調で言った。「わたしより、あの人の得意分野だと思う」

警部補はそれ以上何も言わずに立ち去った。

入り口の前の階段に新聞記者たちが群れていた。フリント警部補が外に出ると、いっせいにシャッターが切られ、照明が焚かれた。騒然とするなか、質問の断片が警部補の耳に届いた。「また不可能犯罪ですか？」

「犯人の目星はまだつきませんか？」

「……同一犯ですか？」

「……エレベーター内の犯行というのは本当ですか、警部補？」

「神出鬼没の殺人鬼をどうやって止めるんです？」

警部補は返事をしなかった。カメラマンたちが絶好の立ち位置を争うなか、階段のいちばん上に立ち、静かにパイプに葉を詰めた。おもむろに火をつけ、温かい紫煙を吸い込む。そして決然とした表情を浮かべ、大股で歩き出した。カメラマンたちが無言で見送る。

夜明けが近づいていた。

13 狂気の画家エスピナ

一九三六年九月十六日（水曜日）

パトニー地区にある〈ブラック・ピッグ〉の店内に足を踏み入れたとき、フリント警部補は既視感を覚えた。いつもどおり、奥の個室にジョセフ・スペクターが腰かけている。きょうはタロットカードと向かい合っていた。すでに十六日の朝だが、昨夜の騒動の余韻はまだ収まっていない。

「何か占ってほしいのかね？」とスペクターが尋ねた。

「もう聞いたか？」

「エレベーター係の少年のことかな？ 残念ながら聞いたよ。悪い知らせはすぐに伝わるものだ」

「それで、あなたの推理は？」

「いまのところ、これといって何も思いつかない。ただ、一つだけわかっていることがある」

「と言うと？」

「ロイスを覚えているか？　守衛の？」

「覚えてるどころじゃない。この八時間ずっと彼を尋問してたんだ」

「あの男に名刺を渡しておいたのは、結果的に価値のある投資だった。けさ、彼から電話があってね。どうやら、きみが少々怖くて、真実を打ち明けられなかったらしい。しかし、知っている事実を誰かに伝えたがっていた」

「その事実とは？」

「路地できみから逃げた男の名前だ」

「ほう？」あからさまに半信半疑だった。「じゃあ、教えてくれ」

「いっそ直接、会うといい」スペクターは大声で呼びかけた。「ビル、こっちに来てくれないか？」

すると、ひとりの老人が個室に入ってきた。みすぼらしい物乞いの男だった。住む家を持たないのか、からだじゅう蚤《のみ》に刺され、汚れがこびりついている。しかし、赤く縁取られた目に知性をたたえており、顔の皺には痛みが刻まれていた。左腕を包帯で吊っている。

「誰だい、こいつは」と警部補は訊いた。

「紹介しよう。ビル・ハーパーさんだ」とスペクターが言った。

警部補の疲れて重いまぶたは、まばたき一つしなかった。「それで、ビル・ハーパーさんとやらは、自宅があったころは何者だったんだ？」

「うむ、そうなのだよ。気の毒に、ハーパーさんにはもう家がない。だから昨夜は路地にいたのだ。見てわかるとおり、不運にも怪我をした。正体不明の男に銃で撃たれたのだ。もっとも、その話は自分でしたいだろうね、ハーパーさん？」

老人は椅子に腰を下ろした。その際、腕に巻いた吊り包帯がテーブルのふちをかすり、痛みに顔をしかめた。「工場をクビになって以来、宿無しの身でね。近ごろは夜になると冷え込んで、ろくな寝床が見つからない。ここ最近は、アパートメントの裏手で寝泊まりしてる」

警部補は興味をそそられ、両肘をついて前のめりになった。「デュフレスンコートの裏の路地か？」

「そう。あのロイスって奴は、見かけほど悪い人間じゃない。ときどき、こっそり食べ物をくれたり、ほかにもちょっとばかり親切にしてくれたりする。そんなわけで、ゆうべ発砲があったとき、おれはあそこにいた」

「誰かを目撃したか？」

「あんただけだよ。それと、あの女性。おれは眠ってたが、あんたの大声で目が覚めた。何事かと思って起き上がったら、ひどい野郎がおれを撃ちやがった」

「拳銃から発射された弾丸が、ハーパーさんの腕をかすめたのだ」とスペクターは説明した。「そして、撃たれた直後のごく自然な反応として、あわてて逃げ出した」

警部補は唸った。「じゃあ、わたしが見た路地から逃げていく男はあんただったのか？」

ハーパーが不機嫌に頷いた。「医者が言うには、あんまり深刻な傷じゃないらしい……そもそも、下手すりゃ死んでたわけだし」

「誰が撃ったのか見たか？」

「いいや。おれは路地の隅っこにいて、ちくっと蜂に刺されたみたいに感じた。次の瞬間、銃声が聞こえたんだ。で、怖くなった。だから走って逃げた」

「それから、どこに行った？」

「病院だよ。ひどい出血だった」

警部補は態度をやや軟化させた。「医者たちは親切にしてくれただろう？」

「みんなすごくいい人だった」

「しかし、引き金を引いた人物については皆目わからないわけか」

　ハーパーが首を横に振った。

「彼の知るかぎり、あの裏庭にいたのは、きみとデラ・クックソンだけだったそうだ」とスペクター。

「だけど、そんなはずはない。誰かが発砲したんだ」

「確かにね。しかし、それが誰であれ、ここにいるハーパーさんではない。あの路地を通った者でもない」

「じゃあ、残る可能性は？」

　スペクターは溜め息をついて、ハーパーのほうを向いた。彼の手に一ポンド札を握らせる。「これでいくらか腹を満たすがいい」老いた浮浪者は、現われたときと同じように、こそこそと帰っていった。またしてもスペクターの手品だ。やがて彼は警部補に目を向けた。「きみがゆうべ体験した一連の出来事を、すべて入念に整理するのは、とんでもなく骨が折れる。あいまいで主観的な要素だらけだ。関係者ひとりひとりが状況をどう解釈したかによるところが大きい。しかし警部補、きみのために試みるとしよう」

　新しいメモ用紙とインクに浸したペンを手に、スペクターは出来事を時系列にまとめ始めた。

　警部補と巡査二名が、昨夜七時半にデュフレスンコートに到着。午後八時から九時のあいだにピート・ホッブズが殺害され、その死体はエレベーターのかご室内に遺棄された。しかし、かご室は一階と四階のあいだを移動しただけで、途中階にはいちども止まっておらず、四階より上にも行かなかった。そもそも五階はすべて空室。状況が明らかになったところで、スペクターは事件そのものに話を移した。

「裏庭で銃を持っていた男について、すでに明らかな点は？」

「何もない」

「何を狙って撃ったかは判明したかね？」

「まだだ。しかしたぶん、わたしだろう」

「なぜそんなことを？　素直に逃げたほうが得策だっ

たはずだ。撃って外したら、無用な危険を背負い込むはめになる」

「じゃあ、あなたの推理は？」

スペクターはこたえなかった。「デラ・クックソンがあそこにいた理由はわかったのかね？」

「本人によれば、ステンハウスから金を借りたかったそうだ」

スペクターは眉をひそめた。「ステンハウスから？」少し考え込む。「もういちど彼女と話してみたほうがよさそうだな」

「お望みなら、どうぞ。解決の糸口になりそうなら。ただ、発砲したのがデラだとは思えない。指紋という観点から考えてほしい。デラはあの夜、手袋をしていなかった。もし彼女が撃ったのなら、拳銃には当然、彼女の指紋が付着しているはずだ」

「とは言っても……」スペクターは慎重に付け加えた。「何かトリックを使ったのでは？　デラが撃つことが可能な方法が一つある。二挺の拳銃を使うのだ。手袋をして、音を消すもの——たとえば枕——を使って事前に撃ち、あとで発見されるように、その銃を地面に置く。そして手袋を外し、もう一挺の拳銃を取り出し、空に向けて——派手に音をとどろかせて——発砲し、ハンドバッグに戻せばいい。そうすれば、あわてて外に出たきみたちは、地面上でまだ煙を吐いている拳銃を見つけ、これがいま弾丸を発射したばかりの銃だと思い込む。指紋がないので、デラの容疑はいちおう晴れる」

「そんなたわごとをわたしが信じるなんて、本気で思ってないだろう？　当然、彼女のバッグを検査した。が、二挺目の拳銃なんてなかった」

スペクターは心からの笑みを浮かべた。「だとしても、ほかの場所で処分したかもしれない。いやしかし、こんなばかげた仮説をきみに信じてもらおうとは考えていない。だいいち、わたしの趣味は不可解な事象に説明をつけることなのだ」

「どう頭をひねっても、デラ・クックソンがこの件にどう関わっているのか、さっぱり理解できない」

「だろうね。デラは、絡まった網のほんの一本の糸にすぎない。ちなみに、盗癖について、あれこれと本を読んでみた。じつに興味深いテーマだ。たいがい、目的を持った行動というよりは、病気の症状のようなものだそうだ。〝複合性トラウマ〟が本当の原因とみられている。ふつうの泥棒は盗みに快感を覚えるが、盗癖を持つ者の場合、喜びはいっさい感じない。正反対だ。ものを盗みたくなる衝動を、本人は苦にしている。ところが、ほとんど反射神経的に盗んでしまう。ものを目の前にすると、手に入れずにはいられなくなる。と同時に、罪悪感に苦しめられるはめになる。その結果、薬物にすがる例も少なくない。もはや悪魔に取り憑かれているも同然だ。盗癖とは、自分では制御できない強迫観念であり、脳内に蓄積された圧力なのだ。物を盗むことでしか解消できない。

　世間にありがちな誤解をいくつか正しておくと、まず、盗癖を持つ者は、個人的な利益のために盗みを働くのではない。盗まずにいられないから盗む。また、敵意や恨みに駆られて盗むわけでもない。ほとんど無意識の行為だから、伴う感情といえば、消しがたい罪悪感のみ。盗む対象物は、おおむね、ろくでもない品物で、本当に価値のあるものを盗むことはめったにない。金銭的な価値は考慮しない」

　こうしてひとしきり講釈を垂れたあと、スペクターは、説明を理解できたかどうか確かめるような目で警部補を見やった。それから、こう続けた。

「わたしは、数年前の旅行中、ベルギーのヘントという街にある美術館を訪れた。そこにはテオドール・ジェリコーが描いた素晴らしい肖像画がいくつも展示されていた。百年以上前の絵なのに、洞察力に満ち満ちている。かつ美しい。ジェリコーの意図は、さまざまな心の病で入院している患者をひとりずつ描き、連作にすることだった。サルペトリエール精神科病院で暮らす十人の患者を描き、めいめいの不幸な魂を活写してみせた。たいした腕だ。そのなかに『窃盗偏執狂』と題された一枚があり、このごろ、わたしの脳裏から離れない。近づきがたい強情そうな顔つき。苦悶のすえに輝きを失った目。その男は何も見ていない。それでいて、精神的な苦悩の存在が伝わってくる。ジェリコーは精神病患者を、人間として、きみやわたしと同じ人間として描いた先駆者だった。行動上の特徴にとらわれず、その奥にある脆《もろ》さや繊細さを見抜いたのだ。すなわち、人間らしさを。近ごろ、あの肖像画をさかんに思い出す」

「デラ・クックソンの目も、同じような〝苦悶のすえに輝きを失った目〟に見えるか？」

　スペクターはしばらく考えた。「わたしが見るに、デラの目はまるきり異質だ。もっと暗い。彼女がいままでどんな苦しみを背負って生きてきたのかが気になる。『誕生《エル・ナシミエント》』を盗んだのは彼女なのか？　わたしの直観は、そうではないと告げている。リーズ博士の手記には〝日和見《ひよりみ》泥棒〟と書いてあった。盗む機会があると、つい盗んでしまう。価値のない装飾用の小物などを。手に持った際の重みを感じたくて盗む。物質的な価値とか、そういったあからさまな貴重さは求めていない。『誕生』は、デラがふだん好む種類の品物ではない。大きすぎるし、かさばるし、邪魔になる。むろん、絵画としての価値など、彼女にとって重要ではない」

「デラの心の動きを一概に決めつけるのはどうかな。リーズ博士でさえ彼女の衝動を見定めるのに苦慮していたじゃないか。懐中時計の件を覚えているか？　マーカス・ボウマンの懐中時計を盗む千載一遇の機会に恵まれたにもかかわらず、彼女は盗まなかった。いかれた脳にとって何が魅力的かは、われわれ常人には判断不能だ」

「もっともな指摘だ」とスペクターも同意した。「だとしても、機会の問題が残る。わたしたちの知るかぎり、過去にデラがくすねたものはどれもこれも、〝たまたま目の前にあった〟から盗んだ品だ。ところが、『誕生』は、彼女の心がうずくような〝たまたま目の前にあった〟ものではない。箱に入れられ、鍵がかけられ、寝台の下に隠されていた。彼女の手には負えないはずだ。金庫を壊したり鍵をこじ開けたりする技能など持ち合わせていないからね。もとから、大泥棒というより掏摸《すり》に近いのだ」

やおら、スペクターは警部補と正対し、険しい口調になった。「慎重に考えたまえ。こたえは博士の手記のなかにある。デラとマーカス・ボウマンが遭遇した場面の描写を思い出すがいい。懐中時計についても興味深いが、わたしがさらに注目したのは、その際にボウマンが何と言ったか、博士の文章に記されていることだ。博士によると、ボウマンはデラが有名な女優だと即座に気づいたという。ところがわたしは、『死の女』の初日公演を観に行った夜、近くの客席でボウマンとリディアがちぐはぐな会話をしているのを聞いた。ボウマンが、デラなど知らないふりをして、〝ヘレン・クックソン〟とわざと名前を間違えていたことを鮮明に覚えている。それだけでは何の証明にもならないが、一つの疑問が浮上する。なぜボウマンはデラなどまるきり知らないという演技をしたのか？　しかもよりにもよって、婚約者であるリディアの前で？」

警部補は落ち着かないようすで、テーブルの上をこつこつと指で叩いた。「つまり、ボウマンはじつはデラと知り合いだった。その事実がリディアにばれないように、へたな小芝居を打った」

スペクターは頷いた。「では、この推理をさらに進めよう。ボウマンは、博士の家ではデラを知っている態度だった。それでいて、〈ポムグラニット劇場〉では知らないふりをした。かたや、デラはボウマンの懐中時計を盗もうとしなかった。せっかくの機会をつかまなかったのは、彼女もボウマンを知っていて、驚いた、いや、愕然としたからではないか。まさかあそこで彼に会うとは思っていなかったし、会いたくなかった。では、なぜ？　ふたりが何らかの秘密の関係にあったと結論づけるのは、さほど飛躍ではないだろう。人生において、気まずい偶然はあるものだ。すなわち、デラは精神科医の婿候補であるボウマンと深い仲にあった。あらためて考えると、そう不思議な話ではない。ボウマンはいろいろ巧みに取り入って、上流階級の催しに招待してもらうのが得意。デラのほうは女優として、そういう場でつねに注目の的だ。そんな取り合わせとあれば、ふたりが過去に面識がないほうがおかしい。

　さてここで、別の場面に目を移そう。興行主のティーゼルは、パーティーを抜け出してデラに絵を見せた。その際、彼女の過剰な反応ぶりがだいぶ気になったらしい。彼女がキャンバスに向ける視線に、一種の異様さを感じたようなのだ。どういうわけだと思う？」

「まあ、それを知る方法は一つしかない」と警部補はこたえた。「もういちどデラに会いに行こう。なんとしてでも真相を突き止めてやる。だけどスペクター、その前に一つだけ頼みたい。ビールを一杯おごってくれないか？」

*

　デラは〈ポムグラニット劇場〉の楽屋にひとりきりでいた。化粧をする手が震えている。

「公演を続行するつもりですか？」と警部補が尋ねた。

「冷酷な女だと思われるのは承知のうえよ。でもわたしは気にしない。生活費を稼がなきゃいけないし、昨晩とんだ茶番に付き合わされたせいで、フロイドからお金を借りそこねちゃったから」

「ゆうべ、わたしの質問にこたえませんでしたね。デラさん——何のためにお金が必要だったんです？　恐喝されているとか？」

「もしそうだとしても」彼女はコルセットを整えながら言った。「あなたには関係のないことね」

「横から恐縮だが……」とスペクターが口を挟んだ。

「デラ、一つだけ訊きたいことがある」

　彼女は鏡から目をそらしてスペクターを見た。その瞳に、静かな不安が浮かんでいる。「どうぞ質問なさい、ジョセフ」

「ステンハウス氏の件ではないのだ。ピート・ホップズの件でもない。さらにはリーズ博士の件でもない。『誕生』の話だ」

「あの絵がどうかした？」

「きみの知るかぎりで、パーティーの夜、ベンジャミン・ティーゼルは誰かほかの人にも絵を見せなかったかね？」

「いいえ。見せてない。本人がそう言ってたから、間違いないわ。〝きみにだけ〟と言ってた」

「彼が絵を見せたとき、部屋は暗かったかね？」

「月明かりだけ。小さな窓から射し込む光で、どうにか見えた。この作品は自然の光で見るのがいちばんだからと言って、ベンジャミンはランプを点けなかった」

「それで、きみたちふたりきりだったのか？」

「ふたりっきりよ。少なくとも——」彼女は言葉を切った。

「どうした？」

「ううん、何でもない。たぶん、何でもないわ」

　警部補はもっと問い詰めたかっただろうが、スペクターはそれ以上は踏み込まなかった。

「常軌を逸したスペイン人、マノリート・エスピナについて知っているかね？」

「絵描きだったってことだけ」

「それは謙遜だろう。もっと詳しいはずだ。ただ、きみは知らないかもしれないが、彼の〝狂気〟の表われの一つは、自分の絵が未来を予言していると絶対的な確信を抱いていたことだ。『地獄の底の風景』という異様な連作を初公開した当時、いっそうの物議を醸した。これは現実世界を描いた作品である、という註釈をみずから添えたからだ。火あぶりの刑に処せられなくて幸いだった」

デラの声は平坦だった。「何が言いたいの、ジョセフ？」

「なあに、真に迫った芸術は、鑑賞者に不可思議な作用を及ぼす力がある、という指摘だよ。『誕生』が驚くべき天才的な作品であることは言うまでもない。しかし、なぜあの作品がきみに奇妙なほどの衝撃を与えたのか、わたしはその理由を考えてみた」しばらく沈黙する。「あの絵の題材は何だったかな？」やんわりとした口調。

「それは重要なこと？」

スペクターは無言でかわした。

「母と子よ」デラはそうこたえて、溜め息をつく。

「これはあくまで推測にすぎない。法廷なら、中傷に当たると誹《そし》りを受けるかもしれない。しかしデラ、きみは裁判沙汰など起こすまい。さまざまな小さな事実と、いくつかの大きな事実を結び合わせると、明確な結論にいたる。きみとマーカス・ボウマンは、ひそかに男女の関係にあったのだ。きみにとっては、それがかなり大きな苦悩の種だった。ところが、生後間もない赤子とその母親が描かれたルネサンス期の傑作を目にして、きみは本能的に反応して、パーティーを逃げ出し、ロンドン市内の反対端にある精神科医の家へ直行した」

デラが不愉快そうな笑みを浮かべ、とげのある口ぶりで言った。「ずいぶん遠回しな物言いだけど、あなたはずっと前からわかってたんでしょ？　わたしがリハーサルをしょっちゅう休むのを変だと思わなかった？　精神科医にも診てもらってたし。リーズ博士だけじゃないわ。ハーレイ通りの医者のところにも行ったのよ。わたしは、そのう……からだの変調に気づいて、その医者に検査してもらったの」

「それで？」

　傲慢に鼻を鳴らす。「あなたには関係ないでしょ、ジョセフ……いいわ、神に誓って他言しないと約束してほしいんだけど……そう。わたしは妊娠二カ月だとわかった」

　スペクターは神妙な面持ちで頷いた。「それで、父親は？」

「彼がどうかした？」

「その男は知っているのかね？」

「いいえ、知らせてないわ。だからどうだって言うの？」

「父親はマーカス・ボウマンだね？」

「ええ、マーカスよ。もちろんわたしは、彼がリーズ博士の娘と婚約中だなんて知らなかった。たんなる不幸な偶然。でも、知ってたとしても違いがあったのか、正直言ってわからない」

　スペクターは考え込みながら首肯した。「どうするつもりだね？」

「忘れようと努力してきた。何もなかったふりをして。でも、逃げようがないでしょ？　遠からず、一目瞭然でみんなに知られてしまう」

「だから、また酒を飲み始めた」

「ほかにどうしろって言うのよ」涙声だった。「相談できる相手なんていない。唯一の頼りはリーズ博士だったけど、あの人はすごく慎重派だった。初日の舞台のあと、妊娠のことを打ち明けたの。楽屋に来てくれたから。博士は言葉少なだったけれど、ようすからして、反対しているとしか思えなかった。だからわたし、頭から追い出そうとしたの。芝居に集中するために。でも、それがかえって事態を悪化させた。そんなとき、ティーゼルがあの絵を見せてきて……」目から涙があふれ、頬を伝って流れ落ちた。

「つらかっただろう」スペクターは彼女の腕を優しく叩いた。「わたしは想像しかできないが」

「まるで……胸に氷の破片が刺さったみたいだった。恥ずかしくて、怖くて、この場で死んでしまうんじゃないかと思った。そうしたら、新聞ではどんな見出しになってたでしょうね！」空虚な笑い声を上げる。「いたたまれなくなって、大急ぎであの家を出た。パーティーどころじゃないもの。思いつく行き先は一つしかなくて、そこへ向かった」

「リーズ博士の家」

「そう。タクシーで直行した。ティーゼルの屋敷のパーティーを抜け出してからドリスヒルに着くまで、十五分くらいだったかしら」

聞くあいだ、スペクターの表情は硬いままだった。

「ティーゼルは、きみが絵を持ち去ったと確信している」

「そんなことするわけないでしょ、ジョセフ。ねえ、信じて。わたしの……例の癖は知ってるでしょうけど」スペクターから目をそらしたまま続ける。「でも、盗むなんてできない、あんな……美しいものを。完璧な絵だった。見ているだけで胸が痛くなった」

「いずれにしろ、不幸な偶然だと認めるしかないね」

「もう、最悪よ。わたしって、ついてないわ。当然、今回の芝居を降りなきゃいけなくなる。ここが――」と腹部を見下ろす。「膨らんで、隠し通せなくなったら。それでも、醜聞を書き立てられるのだけは避けたいと思っていた。でも、こうなっては防ぎようがなさそうね」

「そうとはかぎらない。なにしろ、邸宅の使用人をはじめ、パーティーにいたほとんど全員が、木枠に入った大きな絵など、きみは持って帰らなかったと証言している。あの晩のパーティーにいたなかに、『誕生』の隠し場所を知っていた人物がほかにいたかもしれないが、心当たりは？」

デラは首を横に振った。「あの場にいたのは、わたしとベンジャミンだけ。証明はできないけど、木箱を開けたとき、部屋にいたのはわたしたちだけだったと思う」

「パーティーのほかの参加者はみんな、お互いのアリバイを主張している。唯一の説明としては、誰かが――外部者が――気づかれずに家に侵入したことになるが」何か大発見を目前にしているかのように、早口になり始めた。「しかし、それはあり得ないと使用人が証言している。すべての客の出入りを監視できる場所にいたから。われわれはその言葉を信じた」

「じゃあ、どうするつもりなんだ、スペクター？」と警部補は言った。

「面白いことを思いついた……チェスタートンの「見えない人」という短篇小説を覚えているかね？　あの話のなかでは、殺人者が、まるで幽霊のように、犯行現場から跡形もなく消える。屋敷に出入りした者は目撃されていない」

「それで？　犯人はどんな手を使ったんだ？」

「問題は意味論にある。〝見えない〟とは何を意味するかだ。〝目で見ることができない〟という意味か、〝目では見過ごしてしまう〟という意味か。使用人たちは盗難事件があったと聞かされていたから、警察の聴取で、不審なものや招待されていない客を見なかったかと質問された際、当然ながら〝泥棒〟を思い浮かべた。つまり、おそらく体格のいい無愛想な男。しかも、どこか挙動不審な男。想像力を働かせたわけだ。しかし、そんな条件に該当する人物に出会わなかったので、不意の来客はひとりもいなかったと、一点の迷いもなく証言した」

「なるほど」と警部補は言った。「じゃあ、泥棒はその場に溶け込めるような人物だったということか。客とは限らないが、一見、客であってもおかしくない者」

「そのとおり。夜会服を着た人物。しかも女性だ。あの使用人たちの目には、そんな人が悪さをするはずがないと映った。だから、意識的にせよ、そうでないにせよ、警察に向けての証言から彼女を除外したのだ」

「でも、ジョセフ」とデラがさえぎった。「考えてみてよ。絵を持ち去った人は、ベンジャミンの首から鍵を取らなきゃならなかった。だからこそ彼はわたしを疑ってるのよ。わたしはほろ酔いで、パーティーの場をあとにする前、彼にキスをしたんですもの」

「覚えているとも。ただ、あのパーティーはかなり親密な場だった。みんなだいぶ狭い空間に詰め込まれていた。盗み取ることは誰にでもできただろう」

「本人に気づかれずに？　不可能じゃないかもしれないけど、自分が招待していない相手だったら、いくらなんでも気づくんじゃない？」

「そうでもない。なにしろ酔っ払っていたからね。しかし、一つだけはっきり言えることがある。もし犯人が男だったら、ベンジャミンはさすがに不審に感じただろう。でも女性なら、簡単に彼の首に腕を回して……たぶんいっしょに踊りながら……気づかれずに鍵を奪い取れたと思う」

「踊った相手ってわけ？　いっしょに踊って、でも何者なのか気づかなかった？　だとしたら、だいぶ夜遅くの出来事よね。みんな泥酔して、何が起きたかわからなくなるころ」

「ティーゼルは、首から鍵を外せたのはきみしかいないと強硬に主張した。いまになって、その理由がわかった気がする。彼は、きみを今回の興行から追い出すため、口実をずっと探していた。きみが美術品の窃盗犯となれば、願ったり叶ったりだ」

「でも、わたしは盗んでない！　信じてくれてないの、ジョセフ？」

「信じているとも」とスペクターはこたえ、彼女の手の上に自分の手を置いた。「心の底から、きみがあの絵を盗んでいないと確信している。そして、真犯人を特定する段階に、ようやく近づいた気がする」

「誰よ？　見当がついてるの？」

「では、候補者を絞り込もう。犯人は女性。女性ならティーゼルの首に腕を回して、さりげなく鍵を取れただろう。それは、かなり遅い時刻に違いない。きみが帰ったあとだ。何杯か引っかけて酔いが回っていれば、ティーゼルは犯行に気づきにくかっただろう。もし、招待客の誰かが犯人なら、夜中いつでも犯行に及ぶことができた。とはいえ、全員を身体検査したが何も見つからなかった以上、客のなかに犯人がいた可能性はまずない。一方、部外者であるという前提で考えるなら、家に侵入した時間帯を絞り込める。

きみは十一時に家を出た。その時点ですでに泥棒は家のなかにいて、しかし気づかれなかったとしよう。背景にうまく溶け込めた人物。ティーゼルがきみに絵を見せるのをドアの前で聞いていたかもしれない……

……」声が小さくなり、消えた。

警部補は勢い込んで言った。「何か思いついたか？」

「うむ。デラ、時間を割いてくれてありがとう。また近いうちに話そう」

＊

「どういうつもりだ？」ふたりそろって早足に〈ポムグラニット劇場〉をあとにしながら、警部補は詰め寄った。「謎の男についてはどうした？　昨夜のデュフレスンコートの殺人に関して、少なくとも言及するだろうと思ってたのに。それと、絵を持ち去った犯人が特定できたのか？」

「絵を持ち去っていない人物なら知っている、とだけ言っておこう。デラは『誕生』を見て唖然とした。母親と生まれたばかりの赤ん坊の描写に、心を揺さぶられた。なぜ彼女が部屋から飛び出し、すぐに精神科医に会いに行ったのか、その理由も頷ける。デラは、自分の試練の大きさにようやく思いいたって、ひとりでは対処しきれないと悟ったのだ。ここから、デラの行動の理由が見えてくる。彼女はショックを受けた。突然、感情が溢れ出した。待ち焦がれると同時に、内なる苦悩に襲われた。絵の母親の顔と、自分がだぶって見えたからだ。そこで急に、いとま乞いし、パーティーの場をあとにした。ロンドン市内を横切ってリーズ博士の家に駆け込んだ。博士になら、秘密を託すことができる。頼れるのは博士だけだった。助けが必要だった。ところが、ドリスヒルに到着した彼女が見たものは……。殺人現場だ。遅すぎた。当然ながら、彼女は経緯を黙秘した。

あとは、点と点をつなぐだけでいい。ステンハウスから金を借りたかったのは、抱えている問題を解決するため、すなわち、闇医者に処置を頼むのにかかる費用が欲しかったから。もっとも、死ぬほどの拷問をしたところで、彼女は認めないだろうが」

「だとしたら、彼女は窃盗にもリーズ博士の殺害にも無関係なのか？」

「そう言っている」

「じゃあ犯人は誰だ？」

「うむ。その方面にもいくつか思いついたことがある。ただ、慎重に進めないと。かつ賢明に。マーカス・ボウマンと話す必要がある」

＊

ボウマンは、リージェント通りで経営しているクラブ〈ロビンソンズ〉にいた。スコッチ片手にビリヤードをやっていた。警部補がひとこと声をかけると、静かに話ができるようにと、進んで廊下へ出た。

「こんどは何？　おれにはおれで、やることがあるんだけど」

「ボウマンさん、少々質問させてください」スペクターは礼儀正しく微笑みながら言った。「事件当夜の居場所について、なぜ嘘をついたのか、教えていただきたい」

ボウマンが何を予期していたにせよ、この質問には意表を突かれたようだった。「いったい何の話？」

「もうわかっているのだよ。きみとリディアは、ひと晩じゅういっしょではなかった。きみの最初の供述は、真実とは異なる。目撃情報によれば、きみは〈パルミラ・クラブ〉のダンスホールでいささか騒ぎを起こしたという。だが、きみたちは踊っていなかっただろう？　ふたりで言い争っていた。激しい口論。違うかね？　リディアはきみを残し、心痛を抱えて店を出て行った。きみは、あとを追おうとした。だが、彼女の敏捷な足運びについていけなかった。夜のロンドンのどこかで、彼女を見失った。そこで、タクシーを拾ってドリスヒルに戻った。そうだろう？　きみはひとりだった。もし、わたしの言っていることが間違っていたら、止めてくれたまえ」

ボウマンが大きく息を呑んだ。「深い意味はない嘘だったんだ、ほんとに。おれは博士を殺してなんかいない。かといって、リディアも犯人じゃない」

「だろうね。しかし、きみはリディアの知能を見くびっていたね？　彼女はきみの小さなごまかしを瞬時に見破った。もしかしたら、きみをもてあそぶのを楽しんでいたかもしれない。デラ・クックソンとの関係に勘づいていたのだ。そしてきみも知ってのとおり、彼女は父親である博士の手記を読み、博士と細かな議論をしていた。つまるところ、デラの盗癖を知っていた。

さて、と。殺人のあった晩に話を戻そう。あの夜はどんなふうに始まった？　きみとリディアは夕食に出かけた。われわれの知るかぎり、ここまでは何の裏もない。だがその後、〈サボイ・ホテル〉を出て、〈パルミラ・クラブ〉に向かった。このあたりから、きみたちの足取りが把握しづらくなってくる。ただ、きみたちが酒を飲んでいたことは間違いない。口論したことも。しかし、きみたちが夜通し〈パルミラ・クラブ〉にいたかどうかの裏付けはない」

警部補は、話についていけなくなり、口を挟んだ。

「ふたりでリーズ博士の家に戻ったんじゃなかったのか……」

スペクターは人差し指で宙を突いた。「そう！　戻らなかった。しかし、ベンジャミン・ティーゼルの屋敷には簡単に行けたはずだ。ソーホー地区からすぐのところにある」

「なぜ行く必要が？」

スペクターは警部補に向き直った。「リディアが婚約相手に浮気の事実を突きつけたと考えるのは不自然かね？　もちろん当人は否定した。そうだね、ボウマンさん？　でも彼女は確信があった。だから店を飛び出した。ティーゼルの屋敷でパーティーが開かれていると知っていた。父親が招待を受けたからだ。そこで、歩いて屋敷まで行った。ふだんは静かで薄暗い地域だから、パーティーが開かれている家がどれかは、歩くうちに突き止められる。音楽が大音量で鳴り響き、明かりが煌々と灯っていた。

難なく敷地に侵入し、使用人たちの目の前をすり抜けた。優雅な服に身を包み、育ちの良さを漂わせつつ、しごく当然という顔だったから、見とがめられなかった。なかに入ると、デラを遠くから観察できた。ティーゼルとデラのあとを追って階段をのぼり、扉の前で聞き耳を立てた。鍵穴から覗いたかもしれない。デラたちが『誕生』を眺める場面に立ち会っていた。ティーゼルは、あの夜、誰と踊ったのか、鍵を盗む機会が誰にあったのか、はっきり思い出せなかった。そして、絵を見せた場にいたのはデラだけだと信じていた。まさか、密かな監視者がいるとは気づかなかったのだ。リディアにとってみれば、鍵をくすねてふたたび二階に忍び込み、『誕生』を隠し場所から盗み出すのは簡単だった」

「いや、ちょっと待ってくれ」と警部補は言った。「どうやって家から持ち出したんだ？　使用人の目を盗んで運び出すことは不可能だ」

「ああ。そう、申し訳ないが、そこはわたしのミスだ。絵が盗まれた際、額縁に入ったままだったという固定観念に取り憑かれていた」

「リディアは、絵を額縁から外した？」

「いかにも。具体的に何を使ったかは不明だが、小型のはさみか、研いだ爪先で切り取ったのだろう。考えるのもおぞましいが、そんな蛮行があったのだと思う」

「それなら、額縁はまだ部屋にあったはずでは？」

「そうだ。しかし、さらなる混乱を狙って、リディアは額縁も盗むことにした」

「どうやって？」

「額縁に特別な価値があるとは思っていなかった。たんに邪魔なだけ。真の目的は、あくまで絵だ。だから、絵を外したあと、金箔塗りの額縁は四つに割って、一つずつ窓の外へ投げたのだろう。ジャズの音楽と歓声にあふれて、物音は聞こえなかったはず。リディアは窓の錠をかけ直し、絵を夜会服の内側に隠して、来たときと同じように素早く、パーティーから退散した。もちろん、軽く寄り道して、割った額縁を回収した。そして帰路についた。額縁は途中で処分したのだろう。有頂天になっていたに違いない」

警部補は立ち上がり、行ったり来たりしながら言った。「そういう方法なら、確かに可能だ。うん、可能だと思う。ベンジャミン・ティーゼルはデラしか絵の存在を知らないと思い込み、当然ながらデラのみに疑惑の目を向けた。彼が招待した客は全員、警察に調べられていたから、不可能犯罪に見えたが、じつはそうではなかった」

「そのとおり！」とスペクターは興奮ぎみに言った。「だが、まだ疑問が残る。たとえば、リディアは自宅に戻ったとき、まだ絵を持っていたことになる。どう処分したんだろう？」

スペクターはふたたびボウマンに向かって言った。「リディアが『誕生』を盗んだのだろう？　きみは彼女のためにそれを隠蔽した。彼女は〈パルミラ・クラブ〉からベンジャミン・ティーゼルの屋敷に行ったのだね？　デラと対決し、浮気を暴くつもりだった。しかし、気づかれずに家に入り込み、屋敷のあるじと主賓のあとを追って階段をのぼったとき、もっとうまい方法を思いついた。デラの盗癖が頭にあった彼女は、罠にはめる好機とみたのだ。奇しくも、絵のほうは、はめるのではなく額縁から外したわけだが。外して、どこかに隠した。そして、いまもそこにある。そうだな？」

ボウマンの顔面から血の気が引いた。いまにも倒れそうで、口ひげまでも萎えていた。しかし、いざ口を開くと、完璧なまでに歯切れよく明瞭な口調だった。ただ、傲慢な態度は消えていた。「あんたの推理のとおり、おれはタクシーでドリスヒルに戻った。なにしろ、リディアとふたりでタクシーで帰ってくるつもりで、車を置いたままだったから。車のなかでリディアが帰ってくるのを待った。ひとりで家に入る勇気はなかった。博士と向き合って、ご機嫌取りみたいな真似をするのはごめんだった。リディアがどこに行ったのか、何をしているのかは想像がつかなかったけど、そのうち帰ってくるのは間違いない。だから座って待つのが賢明だと思った」

「やがて合流し、いっしょに家に入ったのだね。まるで、ひと晩じゅう離れなかったようなふりをして」

ボウマンは、一つ頷いてから続けた。「警察の車がたくさん来てたから、何か怪しいと感じた。最初はリディアが馬鹿なことをしでかしたんじゃないかと思ったよ。たとえば、暴力沙汰。デラを引っかいて怪我をさせたとか。でも、ふたりで家に入り、彼女の父親に何が起こったかを知った。おれたちはひとことも相談する必要なんてなかった。ふたりとも殺害はできないし、しようとも思っていなかった。それでいて、お互いまともなアリバイがない。だから、あの状況下で誰もがすることをした。唯一、賢明なことを。嘘をついてかばい合ったんだ」

スペクターはゆっくり間を置いてから言った。「正直なところ、わたしがきみの立場だったとしても、違う行動を取ったかどうか自信がない。しかし、そうなると、殺人が発生した当時、きみは博士の家の外に駐めた車のなかにいたわけだ」

ボウマンはしばらく言葉を発しなかった。必死で頭を回転させている。歯車が回る音が聞こえてきそうだった。「うん、そうだったに違いない」

「では、犯人が家を出るところを見た可能性があるね」

「その可能性は高そうだな」

「で？」

「見たかもしれない。でもどの人物か、わからない」

「推測するに……帽子とコートを身に着けた、何の変哲もない男を見なかったか？」

「十一時四十五分ごろ、ひとりの男が玄関から出て行った。その一分後、別の男がひとり、家の脇から出てきた。ふたりとも同じ方向に去っていった」

「待ってくれ」と警部補は言った。「玄関から出た男は知っている。リーズ博士を訪ねてきた男だ。しかし、家の脇から出てきたのは誰だ？」

「正体はわからない。でも、家の脇の門から出てきた。裏手から入ったんだろう」

警部補とスペクターは顔を見合わせた。「ボウマンさん、よく考えてからこたえてもらいたい」と警部補が言った。「ふたり目の男は誰だ？」

ボウマンはおもむろに首を振った。「さあね。申し訳ない。おれの口から聞きたいんだろうけど、正直、誰かわからないんだ。雨のなかで、帽子を目深にかぶっていた」

「ただ、リーズ博士の家の裏庭から来たのは間違いない？」

「うん。間違いない。玄関から出た奴を追いかけて出てきたふうだった」

警部補とスペクターは同じことを考えていた。この第二の謎の男は、裏庭から出てきたのではないか。なにしろ、そのあたりに足跡があった。しかし、フレンチドアを使って書斎から出たということはあり得ない。厄介なことに鍵があり、窓は内側から施錠されていた。それに花壇の問題もある。犯人がそこを通るには、花壇を踏まなければならない。いまさら言うまでもなく、家の近くには足跡がなかった。

「それからどうなった？」スペクターが促した。

「男たちが去ってから？　おれはもうしばらく家を見てた。男の片方がリディアの父親に違いないと思ってた。でももちろん、いまとなっては、そんなはずはないと承知している」

「それで？」

「しばらくして、デラがやってきた。ドアをノックするのが見え、使用人が——なんて名前だっけな——デラをなかに入れた」

「それで？」

「一、二分のあいだ、静かだった。それから大きな叫び声。家のなかから女の悲鳴が聞こえた。おれは車から飛び降りて、家に駆け寄った」

「じゃあ、二つ目の足跡を残したのは、きみだったか」と警部補は言った。

「きっとそうだ。百メートルも行かないうちに、後ろから〝あなた、いったい何してるの〟と声がした。当然ながら、おれは心臓が止まるほど驚いた。でも、見るとリディアだった。彼女は門のそばに立っていた。タクシーから降りてきたところだった。おれは駆け寄り、キスをして許しを求めた。なかに入って、雨宿りしよう、と言ったら、彼女は、だめだって――まだ、お父さんの顔をまっすぐ見られない、と言った」

「それでどうした？」

「いっしょに車に戻った。しばらくのあいだ、ふたり乗りの車内に並んで座って、話をした。言葉数は少なかった。警察が到着して初めて、やはり家で何か不審なことが起こったに違いないと思った。それでなかに入り、ふたりとも〈パルミラ・クラブ〉にひと晩じゅういて、ついさっきタクシーから降り、連れ立って到着したかのように振る舞った」

「リディアから問い詰められなかった？」

「いやあ、根掘り葉掘り訊かれたよ。でも、翌日になってからだ。次の日やっと、彼女はゆうべどこにいたかを話し、絵を盗んだことを打ち明けてきた」

「きみは何とこたえたんだ？」

「たいして何も言えなかった。朝日が出て明るくなっていて、彼女の父親が死んだという騒ぎがあったから、絵の一件はそれほど重大には思えなかったんだ。なるべく早く、全部忘れたほうがいいと言い聞かせた」

「残念だが、忘れてもらうわけにはいかない」と警部補は言った。

「ボウマンさん」とスペクター。「教えてくれ。あの絵はどこにある？」

「知らないよ。リディアがどう処分したのか、誓っておれは知らない」

＊

必然的に、次の行き先はリーズ博士の家だった。ミセス・ターナーが疲れた顔でドアを開けた。「リディアさんは家にいるかな？」と警部補。

ミセス・ターナーが頷いた。「書斎にいます」

「ターナーさん」スペクターは言った。「案内してもらう前に、お願いがある」

「何でしょう？」

「この写真を見てくれないかね？」差し出した写真には、顔立ちの整った男が写っていた。働き盛りをやや過ぎたくらいの年齢。眉毛に覇気があり、前髪の生え際が二つ並んだ大きな弧を描いて、髪にはいくらか白いものが交じっている。ミセス・ターナーがしげしげと眺める。「この男を知っているかね？　会った覚えは？」

彼女はゆっくりかがみ、さらに目を凝らして写真を見つめた。「いいえ。知らない顔です。なぜですか？　誰なんです？」

「本当に？　よく考えてください」

「間違いありません。断言できます。生まれてこのかた、いちども会ったことのない人です」

スペクターは写真を引っ込め、ポケットに戻した。「ありがとう」彼女には言わなかったが、その写真は、行方をくらました俳優、エドガー・シモンズの宣伝写真だった。それ以上の会話はなく、ふたりは書斎に通された。

「リーズ博士」

リディアは机に向かい、読んでいる書類からすぐには顔を上げなかった。スペクターは彼女の頬がわずかに色づいていることに気づいた。「ふだんの癖で、〝リーズ博士〟と聞くと、父を呼んでいると勘違いしてしまうのよ」

「慣れるまで大変でしょうね」

　彼女は首をかしげながら言った。「大変でしたけど、もう慣れてきました。父の書斎がわたしの書斎になったんですから。明日には最初の患者を診察します。その女性のために最善を尽くす覚悟です」

「ひょっとして、デラ・クックソンさんですか？」

「それは言えません。医師には守秘義務がありますから。ご存じですよね」

「おや、あなたは婚約指輪を外したようですが？」

「ほんと、たいした探偵さんね」

　スペクターは軽く頭を下げた。恐縮ですと言わんばかりに、堅苦しい丁重さを示す。「申し訳ない。わたしには関係ありませんね。ただ、この老いぼれた目は、つい、そういう俗なことに気を取られてしまうのです」

「べつに、恥だとは思っていません。マーカスについては、父の意見が正しかったんです……ほかのことだって、父はいつも正しかった。どう考えても、わたしはマーカスに裏切られました。あなたがデラのことを持ち出したのは、マーカスと内緒で付き合っている事実を知っていたからですね？　マーカスはわたしを間抜け扱いした。長いあいだ、わたしは彼以外のあらゆる人に見当違いな怒りを向けていました。いまはそれを正すために精いっぱい努力しています」

「わかりますよ」

　彼女は薄い笑みを浮かべた。「いいえ、あなたはわかってない。わかってるつもりっていうだけ。大違いよ」

「あなたはお父さんに敬意を払おうとしている」

「そうかもしれないわね。そう……」言いよどんだあと、断言した。「たぶん、それがわたしのやっていることなんでしょう」

「しかし、この騒ぎのなかで、まだ解決していない点が一つある」スペクターは続けた。「『誕生』というささやかな問題です」

「まだ見つかっていないって意味？」

「この件に関しては、遠慮なく言わせていただこう。もうわかっているんです。ティーゼルの屋敷から絵を盗み出したのはあなただ。〈パルミラ・クラブ〉でボウマンさんと喧嘩別れしたあと、パーティーに忍び込んだ。ドリスヒルの自宅に戻ったとき、絵を持っていたに違いない。どこへやったんです？」

　リディアはかすかに笑った。「あなた、それだけ全部わかっているのに、絵の行方を突き止められないなんて変ねえ」

「もっともです。でも、あなたの口から言ってもらえると、非常にありがたい」

　彼女はふたりの男を見て、スフィンクスのような微笑を漂わせた。

*

14

完全に姿を消す方法、あるいはプロテウスの鳥かご

「リディアを逮捕することもできるんだが」ドリスヒルからの車中で、フリント警部補は言った。

「できるだろうね。窃盗で。殺人ではなく」とスペンサー。

「さてと、これだけあちこちに行ったんだから、あなたの推理を教えてくれ。陰ですべてを操っているのは誰だ？」

「わたしは……こんどはクロード・ウィーヴァーを訪ねる番だと思う」

ウィーバー家に着くと、世話係が応対に出た。クロードは屋根裏部屋にいて、小説の新作を熱心に執筆中らしい。フリント警部補とスペクターは、妻のローズマリーがいる応接室に通された。来客と聞いて、クロードもすぐに姿を現わした。

　警部補は、世間話を省いた。「昨夜はどこにいましたか？」と直球で尋ねる。

「昨夜？」クロードはようやく腰を下ろすところだった。「まさか、また誰か不幸な人が殺されたとか？」

「質問にこたえてください」

「ここにいました。自宅に。ひと晩じゅう」

「証明できる人は？」

「妻なら」

「本当です、警部補」とローズマリーは言った。「なんだか取り調べみたいで嫌だわ」

「とても重大なことなんです。オブラートに包んだ言いかたをしている暇も気力もない。クロードさん、昨夜の居場所を証明できる人は、ほかにいますか？」

「いや。あいにく、いません」

　警部補が奥歯を嚙みしめた。「そうですか。では教えてください。ピート・ホッブズという若者に会ったことがありますか？」

「ホッブズ？　いや、まったく聞き覚えのない名前ですね」

「この写真を見たら、記憶がよみがえるかもしれません」警部補は遺体の写真を出した。哀れな痩せた死に顔。そのまぶたはもう二度と開かない。

「むごい」クロードが大きな息を吐いた。ローズマリーは写真を見ようともしなかった。

「教えてください。ホッブズに会ったことがありますか？」

「どんな……どんな死にかたでしたか？」

「絞殺されました。ロープの切れ端で……」

「ひどすぎる」とローズマリーが言った。ひとりごとだったのかもしれない。

「いいえ。会った覚えはありません」

「本当ですか？　デュフレスンコートのエレベーター係として働いていたんですが」

「知らない顔です。あの建物には行ったことがありません。わたしは外出好きではないので」

「そうなんですよ」とローズマリーが言った。「夫は、必要がなければ家から出ません。結婚当初からずっとそうです」

「想像力がわたしの救いになっています」とクロードは言った。「不思議な、行けるはずのない場所に連れて行ってくれますから」

「殺人に関する小説を書いた経験は？」警部補は眉をひそめながら訊いた。

「それ以外は書いたことがないほどです。でも、ロンドンの文壇で成功を求めてもがいている小説家に話を聞いてみてください。みんな口をそろえるでしょう。大衆の想像力は血に飢えている。殺人事件は金になるんです」

スペクターはクロードの本棚を眺めた。背表紙から血がしたたり落ちそうなくらい、毒々しい題名の本が並んでいる。『死にいたる高み』『血塗られた偶像』『モードレイクの危機』『見えざる敵』……。

スペクターは適当に一冊を選んだ。『デンビィの悪魔』だった。派手な色彩があしらわれた表紙には、蠟のように肌の白い美女が、醜い怪物の影に覆われている場面が描かれている。

「それが処女作です」クロードが、スペクターの肩越しに表紙を見て言った。「新人作家は、どう頑張ったところで、ある種の繊細さに欠けます。その作品も例外ではない。ただ、欠点を補って余りある情熱がこもっています」

「拝読しましたよ」とスペクターが言った。「たいへん雰囲気の豊かな作品でした。とくに、舞台となる各地の情景が鮮やかに描かれていました」

クロードの顔に微笑が浮かんだ。「お褒めにあずかって光栄です。それぞれの土地について、写真で確認しました。視覚でとらえると、その場所の本質を感じることができるんです」

「いずれにしろ、事実は変わりませんよね、みなさん」とローズマリーが割って入った。「夫は昨夜ずっとここにいたんです。わたしの言葉が信じられないのなら、使用人たちに訊いてみてください。進んで証言してくれるでしょう」

「でしょうね」と言い残し、警部補は部屋を出た。

＊

「とんでもなく複雑になってきたな」フリント警部補は帰りの車のなかでつぶやいた。「糸が多すぎる。全部をうまく結びつけるなんて無理だよ」

「同感だ。われわれが直面しているのは、小片の数が多すぎるパズルだね。一部の手がかりはほかの手がかりとつながるだろう。しかし全体として見ると、あまりにも矛盾が多い。あまりにも凝っていて、曖昧模糊としている」老いた魔法使いは、くたびれた笑みを見せた。「参ったね。いやまったく、たいそうなパズルを持ってきてくれた。ある意味、大歓迎だが、しかしまたある意味……」疲れた目をこする。

スペクターは自宅へ直行したがらず、〈ブラック・ピッグ〉で車を降りた。夕暮れのなかを走り去る警部補を見送ってから、個室のいつもの席に戻り、豆とハムのパイを食べ、黒ビールを数杯飲んだ。タールのように濃厚な液体が、機関車に石炭をくべたかのごとく彼の脳を活性化させた。

到着時よりも明らかに元気を取り戻したスペクターは、八時に〈ブラック・ピッグ〉を出た。ジュビリーコート地区にある自宅は徒歩で近い。じめじめした狭い通りをたどって歩いた。

自宅が見えてきた。世話係のクロチルデが玄関口の明かりを点けたままにしてくれてある。ドアに向かう石段を踏んだとき、彼は突然、自分のものではない足音がけたたましく響くのを聞いた。しかし、立ち止まって振り返ろうとはしなかった。

「すみません！」

呼びかけられても、スペクターは止まらなかった。

「すみません！」

しかたなく、鍵を穴に差し込む前に、スペクターは足を止め、振り向いた。背後から階段を駆けのぼってきたのは、クロード・ウィーバーだった。動揺しているようす。ぴりついて、慌てている。

「クロードさん？　こんなところで何を？　わたしをつけてきたのですか？」

「お願いです、スペクターさん。なかに入れてください。話があるんです。一刻の猶予もない」

スペクターは扉の鍵を開け、ふたりで家に入った。

応接間に向かう途中も、クロードは神経をとがらせていた。「玄関の鍵はかけましたか？」と出し抜けに言う。

「ああ、もちろん」

「じゃあ、誰も入ってきませんよね？」

「誰も。さあ、何の騒ぎか教えてくれるかね？」

クロードはあえぎながら、肩を上下に揺らしている。

「座ってください」落ち着かせようと、スペクターは促した。

肘掛け椅子に腰を下ろしても、クロードはまだ息を切らしている。

「クロチルデを呼ぶとしようか。紅茶でも持ってこさせよう」

「ええ。いや、もっと強いのがいいです……」

スペクターは頷き、酒が並んだ棚から、模様彫りのデキャンタを取り出した。暖炉の炎に照らされ、琥珀色にきらめいている。一つのグラスにウイスキーを注ぎ、クロードに手渡す。彼は一気に飲み干し、椅子に座り直した。顔にようやく色が戻ってきた。

「〈ブラック・ピッグ〉に行ったんです。そうしたらあなたの住所を教えてくれて。スペクターさん、あなたの助けが必要なんです。わたしは誰かに追われている」

「なぜそう思うのです？」

「しばらく前から尾行されているんです。何者なのか、わかりません。何が目的なのかも。理解していただきたいんですが――こういう話は、妻の前ではできませんでした。秘密にしておきたい。どうしても。もし外部に漏れたらどうしたらいいか……」

「その男は……いまもこのあたりにいるのですか？」

クロードは頷いた。「でも、お願いです、見に行かないでください。わたしが気づいていることを知られたくない」

「男の人相を教えてください」

「顔は見えないんです。黒くて長い外套を着て、つばの広い帽子をかぶっています」

「最初に尾行に気づいたのはいつです？」

「一週間ほど前」

「なるほど」スペクターは少し考えた。「ここで待っていてください」そう言って、ドアへ向かう。

「どうするつもりです？」

「いいから、そこにいてください」クロードが応接間で心配そうに待つ一方で、スペクターはそっと廊下に出た。カーテンの隙間から外をうかがう。おもては静かだった。街灯の点灯人たちが働いていて、手に持った松明で薄暗い夕暮れに光をもたらしている。しかし、通りの奥にひとり、明かりを持たない人影が立っていた。クロードの描写どおり、長い外套を着て帽子をかぶった人物が、暗がりに潜んでいる。

スペクターは窓から離れ、電話機に手を伸ばした。

交換手がロンドン警視庁に電話をつなぐまで、無言で待った。接続の完了まで四十秒くらいかかっただろうか。

「スペクター、どうした？」フリント警部補の声が聞こえた。疲労と緊張があらわな声色。

「いますぐこっちに来てくれ」とスペクターは言った。

「それと、制服警官も数人頼む」

「どうして？　何があった？」

「わたしの家にクロード・ウィーバーが来ている。誰かに尾行されているようだ」ふと思いついて、付け加える。「南側の裏口に来てくれ。正面玄関はその男が見張っているから」

「何者だ？」

「さあな。しかし、殺人のあった晩、ミセス・ターナーが会ったという男と外見が一致している。昨夜ステンハウスを尾行したのも、こいつかもしれない」

警部補はそれ以上聞こうとしなかった。電話が切れた。

スペクターも受話器を置き、応接間へ戻った。

クロードが期待のまなざしを向けてくる。「フリント警部補がいま、こちらに急行中だ」

「何ですって？」クロードが、弾かれたように立ち上がった。

「心配いりません。われわれが真相を突き止めてみせる。警部補は十分以内に来るだろう。待つだけです」

「スペクターさん、あなたはわかっていない。男の正体は不明ですが、だいたいの想像はつきます。だとすると……」

「言ってしまったほうがいい」

「無理です！　お願いです。誰にも言えません。誰にも知られたくない……」正気を失いかけている。

ふたりは、通りの向こうにいる男に聞かれないように、緊迫した舞台の裏でささやきを交わすような声で話した。台所のドアを叩く音がして、ふたりとも、びくりとした。スペクターは家の裏口に回り、静かにフリント警部補を招き入れた。「ジュビリーコートの入り口に警官を配備した。わたしの合図でいつでも動く」と警部補が言った。

「よろしい」とスペクターはこたえた。「こっちに来てくれ」

警部補を連れて奥に入り、凍りついているクロードの横を抜けて、広間に出た。カーテンのそばに近寄る。

「あの男が見えるか？」

警部補は身をかがめ、ガラスに鼻を押しあてた。

「あいつか」とつぶやく。「こんどこそ網にかけなければ」

「あれが、デュフレスンコートできみを撃った男だと思うかね？」

「確信は持てないが……。二階に案内してくれ。部下に合図を送りたい」

スペクターが先に立って、狭い階段をのぼり、裏手に面した空き部屋へ行った。警部補はポケットからライターを取り出した。皮膚の硬くなった親指でライターを擦ると、一瞬、オレンジ色の小さな炎が輝いた。

「これでよし。戻ろう」と彼はささやいた。

階段の踊り場の窓から、スペクターはおもてを見やった。黒い外套の男がまだそこにいて、不吉な輪郭を描いている。しかし男は、黒くうごめくものが自分に迫りつつあることに気づいていなかった。「頭を低くしていたほうがいい」階段を下りながら警部補が言った。「ひと騒ぎあるかもしれないぞ」

けれども、スペクターは踊り場から動かなかった。警官たちが黒い外套の男に近づいていくのが見える。やがて、冷たい沈黙を切り裂いて、警部補の笛の音が響きわたった。警官たちがいっせいに男に飛びかかった。

男は逃げ出した。だが、警官たちの俊敏さがまさった。男に体当たりし、巡査のひとり、ドルイットが男の胸に馬乗りになって、地面に押さえつけた。完全に身柄を確保したところへ、警部補とスペクターが家から出てきた。あとからクロード・ウィーバーも続いたが、身を震わせ、いまにも膝から崩れ落ちそうだった。

「おい、何のつもりだ！」胸のわずかな酸素を絞り出して、男がわめいた。帽子が転がり落ち、滑らかで若い顔が見えた。二十歳くらいだろうか。

　警部補が男の前に立ち、見下ろした。「これはこれは。ずいぶん長いあいだ、おまえを探していたんだぞ、若造」警官たちに目をやる。「こいつを立たせてさしあげろ」

　左右の腕を警官がひとりずつ持って、男を地面から吊り上げた。見知らぬ顔だった。警部補もスペクターも覚えのない男だ。ひげをきちんと剃り、いくぶん翳のある表情だが、それ以外はまったく特徴がない。

「おまえは誰だ？　ここで何をしてる？」

「仕事中だ。任務を遂行してる」

「身分証はあるか？」

「僕の名はウォルター・グレイブズ。調査員だ」

「十二日の夜、アンセルム・リーズ博士の家を訪ねたか？」

　若い男が大きく目を見開いた。「えっ、どうしてそれを？」

「そのうえ、クロード・ウィーバー氏を尾行していたのか？」

「ちょっと、あんたには無理やり尋問する権利なんてないはずだ」

「正直に言え。誰かに雇われたんだな？　そうなのか？　吐いたほうが身のためだぞ」

「警察であろうとなかろうと、僕を尋問する権利はない。自分の権利くらい知っている。僕の行為はすべて合法。免許だって持っている」

　警部補は、卒倒寸前のクロードに向き直った。「こいつが、あなたを尾行していた男ですね？」

クロードは口もきけず、ただ頷いた。

「結構」警部補は、苦しげな調査員に向き直った。

「さて。誰に雇われたんだ？」

「もう言っただろう。僕の名はウォルター・グレイブズ。ウォレス調査事務所に勤めてる」

警部補は、威嚇するような態度でその男に歩み寄り、繰り返した。「誰がおまえを雇った？」

「そんな質問にこたえる義務はない。僕は法律に違反してない。しがない雇われ人さ。あんたと同じでね」

警官のひとりが腕をつかみ、背中にねじ上げた。調査員は悲鳴を上げた。

「よせ！」警部補は一喝した。「わたしの指揮下で暴力は許さない。グレイブズ氏の言うとおり、令状が必要だ。この免許は本物らしい」そう言って、免許証を返す。調査員は眉をひそめ、書類をふたたび上着のなかにしまい込んだ。「もし、自発的に依頼人の身元を明かさないつもりなら、法にのっとって口を割ってもらうまでだ。しかし、いますぐ訊きたいことがある。リーズ博士が死んだ夜に何を見たか教えてほしい」

「死んだ？　そんな事件は関知していない。僕の仕事はクロード・ウィーバー氏を尾行することだ。いまも、その任務を遂行中だった」

「フロイド・ステンハウスは？　昨夜、彼の部屋に行ったか？　デュフレスンコートに？　それとも、署に連行されてから話したい気分か？」

「僕はクロード・ウィーバー氏を追うために雇われた。ウィーバー氏ただひとりを。わかったか？」

「もういちど訊くぞ。アンセルム・リーズ博士との関係は？　博士がおまえを雇ったのか？」

「違うよ。依頼人は博士ではない」

「面倒なことになるのは承知だろうな？」

あきらめた調査員が、肩を落とす。「彼女が望んだのは尾行だけさ。違法な行為はいっさいしていない。法には触れていない」

「誰なんだ？　依頼人は誰だ？」

「それは言えない」ぼそりとつぶやく。

　スペクターが、片方の手のひらを開いて差し出した。続いて固く閉じ、ふたたび指を広げると、折りたたまれた一ポンド札が現われた。「依頼人は誰だね？」彼は穏やかな声で繰り返した。

　調査員がその紙幣をつまんで、上着の内ポケットに入れた。「警察は見当違いをしてる。僕を調べても無駄だよ。妻が夫の尾行を依頼してきた。それだけだ。夫は女遊びをしてるらしい、とね」

　スペクターはクロード・ウィーバーを見やって、浮気が明るみに出ることこそ、この小説家がずっと恐れていた事態だったのだと了解した。「ウィーバー夫人がきみを雇ったわけだね？」

「いまそう言っただろう？」

「二週間も尾行した？」

「そうだよ。現時点で言えるのは、ウィーバー氏が何にいそしんでるにしろ、殺人ではないのは確かってことだ」

「どうしてわかる？」

「四六時中、見張ってたからさ」

「彼がリーズ博士の家に行ったときも尾行していたのか？」

「十二日？　してたよ」

「その夜、彼は確かにそこに行ったのか？」

「そう言ってるじゃないか。ふらふらしながらレストランを出て、そのまま直行した」

「わたしは……」クロードが汗をかき始めていた。スペクターと警部補は無視して、調査員に尋ね続けた。

「彼はいつ着いた？」

「十一時十五分に、玄関の呼び鈴を鳴らした。家に入っていくのも見届けた」

　警部補とスペクターは顔を見合わせた。十一時十五分。謎の訪問者が玄関に現われた時刻だ。しかし、クロードであるはずはない。彼なら、ミセス・ターナーは気づいただろう。当然そのはず。クロードとは、すでにしょっちゅう顔を合わせている。

「それでどうした？」

「家のなかのようすが見たくて。横の門から入って裏手に忍び込んだ」

「待ってくれ。あの夜、博士の家の裏庭にいたのか？」

「ああ。フレンチドア越しに書斎が見えたよ」

クロードが、いまにも倒れそうになっている。

「家からどれくらい近い距離にいた？」

「そんなにそばまでは寄ってない」

「家のすぐまわりに幅二メートルくらいの花壇がある。そこに足跡を残したか？」

調査員が首を横に振る。「雨を避けて、庭の端にある木の下にいた。でも、室内は明るくて、丸見えだった」

「リーズ博士を見たか？」

「もちろん。博士はクロード・ウィーバー氏を書斎に招き入れて、それからふたりで座って数分間しゃべっていた」

「それから？」

「ウィーバー氏は帰った。僕は、もう庭にいても無意味だから、柵を跳び越えてウィーバー氏のあとを追った」

「きみが庭を離れる時点で、リーズ博士は生きていたか？」

「ぴんぴんしてたさ！」

スペクターは考え込んだ。「ふたりの会話の内容は聞き取れたかね？」

「いや。でも、打ち解けた雰囲気だったよ、見えた範囲では。酒を飲んでた」

「酒を？」

「ガラス製の……何ていう名前だっけ……あれから注

いで」

「〝デキャンタ〟だな。どっちが注いだ？」

「博士だよ。ウイスキーみたいだった」

「ふたりとも飲んだのか？」

調査員は頷いた。そのとき、クロード・ウィーバーが卒倒した。前触れもなく、いきなり横倒しになった。

スペクターは、倒れた小説家を冷静に観察した。

「なかに運べ」と警部補が言った。ふたりの警官が、意識を失ったウィーバーのからだを持ち上げ、スペクターの家のなかに運び入れ、奥へ消えた。

「さて」とスペクターは言った。「これで状況が一変した」

「まったくだ」警部補はこたえた。「手がかりなしの状態から、お手上げの状態に変わったよ」

「そうかね？」とスペクターは微笑んだ。「いろいろな点がはるかに明確になったと思うが」

警部補は不快そうに唸った。「調査員さんとやら、あんたは帰ってくれて結構。ただ、あした正式に供述を取りたい」

騒ぎが収まり、警部補とスペクターは薄暗いジュビリーコートでふたたびふたりきりになった。「この展開は何を意味すると思う？」と警部補が言った。「殺人犯はクロード・ウィーバーだと証明されたわけだな」

「その逆だと思う」

警部補は眉をひそめた。「グレイブズ調査員の話からすると、クロードこそ、ミセス・ターナーが言っていた謎の訪問者だった。見覚えのない男だったというのは勘違いらしい。どうやら彼女は、われわれが思っていたほど信頼の置ける証言者ではないようだ。訪問者は十一時から十一時四十五分まで博士の書斎にいた。しかし、なぜ彼女はクロードだと気づかなかったんだろう？　変装していたのかな？」

「こたえはもっと単純だ、警部補。ミセス・ターナーは、本当に見たことがない男だったから、見たことがないと言ったのだろう」

「しかし、クロードは定期的に訪れてくる患者だった。ミセス・ターナーは、三人の患者すべてに何度も会っていたはずだ」

「そうだとも」満面の笑みでこたえる。「じつに見事なトリックだろう？　不倫を隠し通そうとして必死だったとは、クロード・ウィーバーはきわめて不幸な男だと思う。ある種の二重生活を貫こうと懸命だったが、結局は維持できなかった。彼に罪があるとしたら、それが唯一の罪だ。リーズ博士が殺された夜、彼は不運に見舞われたのだ。編集者は、彼が何かを見て動揺し、レストランから出て行ったらしいと言っていたが、その憶測は忘れよう。クロードはとくに何も見ていない。しかし、編集者と何を話し合っている最中だったかね？」

警部補は手帳をめくりながらこたえた。「紙表紙の廉価本がどうのとか、そういったくだらない話だ」

「そう。ありがたいことに、こんな発言があったと編集者が教えてくれた。〝知識階級はいつだって偽物のなかから本物のクロード・ウィーバーを見分けられる〟とね」

「そんな言葉が原因で、クロードは夜の闇に逃げ込んだのか？」

「このひとことが、天啓のごとく胸に突き刺さったのだ」

「えっ？」

スペクターは説明を加えなかった。「フロイド・ステンハウスの夢が、わたしはまだどこか引っかかる。そこを明らかにできれば、全容を解明できるだろう。つまり、彼の夢には、表面的な象徴を超えた何かがあるのではないか、ということだ。こたえてくれ。十二日の夜、ステンハウスがリーズ博士に電話したとき、博士が取った行動は？」

「夜分遅くに電話をかけてきたことを叱った」

「うむ。それで？」

「でもとにかく、夢の中身を聞いた」

「よろしい。そして？」

「そして……」フリント警部補は記憶をたどった。

「そして、メモに書きとめた」

「それだ！」スペクターは指を鳴らした。「使用人のミセス・ターナーは、リーズ博士がステンハウスの夢を書きとめるペンの音を聞いた。となると……」

「そのメモはどこに行った？」

「ご明察。ステンハウスが話した内容をリーズ博士が書きとめたのなら、そのメモの行方は？　恐らく犯人が持ち去った。ではなぜ？　夢のなかの何かが、犯人を指し示す証拠になりかねなかったのか？　奇妙だ——あり得ないとしか思えない——しかし、そうでなかったら、どうして書きとめた紙が消えてしまったのか？」うれしそうな口調。歯車が回りだしている。

「ほかにも消えたものがある。ミセス・ターナーが話してくれた博士の書斎のようすと、のちに警察が駆けつけたときに死んだ男の机の上にあったものを比較してみてほしい」

「考える時間をくれ」

「よし。手がかりをやろう。調査員のウォルター・グレイブズは木の陰からではよく見えなかった。ただし、一つの詳細を確認できた。それは何だ？」

こんどは警部補が目を輝かせる番だった。「酒だ。ふたりは酒を飲んだ」

「博士は、光きらめくデキャンタから、ふたりぶんの飲み物を注いだ。しかし警察が到着したとき、机の上には寸胴型のグラスが一つあっただけ。書斎全体で一つだけだ。警察はくまなく捜索したんだろう？　もう一つのグラスはどこに行った？」

警部補は足元の靴を見つめた。「なぜ犯人はグラスを一つ持っていった？」

「たぶん、ステンハウスの夢が記されているメモを持ち去ったのと同じ理由だ。その理由が判明すれば、もう片方も明らかになるだろう」

「あなたはもうわかってるんだろう、スペクター？ヒントをくれないか？」

「まだ早い。だが、もうすぐだ。少し準備が必要なのでね」

「何に向けて？」

スペクターの青白い瞳が光に照らされて輝いた。

「大団円に向けてだとも」

幕間　読者よ、心されたし

　その昔は、物語があるところまで進むと、〝読者への挑戦状〟が挟み込まれていたものだ。「読者諸君よ」と、わたしもここで書けないことはない。「アンセルム・リーズ博士とピート・ホッブズを殺害した犯人は誰か？　また、いかなる手段をもって殺人を行なったのか？　推理するために必要な証拠はすべて、諸君の目の前にある」

　そのような流儀は、今日では時代遅れで、古くさいだろう。かといって、読者の楽しみを邪魔することは作者の本望ではない。事実、証拠は残らず出そろっており、なおかつ、堂々と提示されている。もし、みなさんのなかに探偵志望の人がいるのなら、いまこそ名を上げる好機だ。ただし賞品はない。いかなるかたちの報酬も。さる偉大な賢者が〝地上最高のゲーム〟と呼んだものに勝利したという、静かな栄光が得られるのみである。

死と奇術師

解決篇

名探偵ジョセフ・スペクターが導き出した答えにたどり着いたという自信のある方は、封を切り、先へお進みください。

ミシン目に沿ってペーパーナイフ等でお開けください。

15

最後のトリック

一九三六年九月十七日（木曜日）

ジョセフ・スペクターは、非常に具体的な指示を出した。たとえばジョージ・フリント警部補は、午前九時から手を空けておくように、と伝えられた。疲れて目がかすみ、いらだちながら、警部補はドリスヒルにあるリーズ博士の家に、五分だけ遅れて到着した。ジェローム・フック巡査部長もいっしょで、スペクター本人が玄関でふたりを出迎えた。

「やあ、きみたちか。よく来てくれた」さほど心のこもっていない声。

「スペクター、どういうことだ？　ここで何をするつもりだ？」

「まあ入ってくれ、早く」

彼らは廊下へ向かった。「何が起きてるんだ？」

「まもなく客人たちがお見えだ。しかし、現時点ではここにはわれわれしかいない。リディア・リーズは〈ドーチェスター・ホテル〉に宿泊した。ミセス・ターナーも、お姉さんの家に泊まってもらった」ふたりを家の裏側の台所へ案内する。「ここで待っていてもらいたい。わたしの時間設定が正しければ、最初にやってくるのはフロイド・ステンハウスだろう」

警部補とフック巡査部長は不快げに視線を交わした。さんざん力を借りてもらっているとはいえ、警部補は依然、スペクターを全面的には信用する気になれずにいる。

事実、いちばん乗りはステンハウスだった。相変わらず神経質な彼を、スペクターは居間に案内した。不思議なことに、小さな木製テーブルの上に金属製の鳥かごが置かれていた。

「スペクターさん、これはどういうわけです？　博士を殺した犯人を見つけるためなら、どんな協力も惜しみませんが、しかし……」

「この鳥の名はプロテウスです」とスペクターは鳥かごを指さした。「〈プロテウス・ケイジ〉と呼ばれるアーチ型のかごで暮らしているので、そう名付けました。しかも、ギリシア神話のプロテウスと同じく、柔軟に適応して自在に姿を変える能力を持っています」

　彼は左手でかごを掲げた。細い鉄格子の向こうに、きれいな黄色の小鳥がいる。

「もちろん、この雄《おす》には、つがいの雌《めす》がいます。このような生きものを永遠にひとりぼっちで閉じ込めるなど、わたしには耐えられません。ただ、今回のわれわれの目的にはプロテウス一羽でじゅうぶんなのです。どうぞ、ご自由にお調べください。もちろん、かごのなかも」

　ステンハウスが身をかがめて、鳥を覗き込む。鳥は首をかしげながら不遜な態度で見返した。「姿を変える？」とステンハウス。

「そうです。プロテウスは自分の意志で姿を消すことができる。ほらね」老人の指が、ぱちっと音をたてたとたん、鳥は消えてしまった。

　若い音楽家ステンハウスは身をただし、大きく目を見開いた。「どこにやったんです？」

「わたしは何もしていません。申し上げたとおり、完全に、先ほどの鳥そのものの能力です。気が向いたら、戻ってくるでしょう」

　そう言って、スペクターがもういちど指を鳴らすと、鳥は戻ってきた。「よかったら、かごを調べてみてください」

　ステンハウスが、かごをあらため、当惑の目で小鳥を見つめた。「でも——どこに行ってたんだろう？」

　スペクターは、うろたえる若者のようすを楽しむかのように、柔らかな笑みを浮かべた。「楽しいトリックでしょう？　それでいて、不可解だ。しかし、恐ろしく単純なんです。ごく基本的な監視の目を切り抜けさえすればいい。もちろん仕掛けは、かごのなかにあります。鳥は動きません。ただ、かごの上下に鏡がついている。指を鳴らすなど、ごく簡単な動作で観客の気をそらすあいだに、かごの上部の装飾をひねって、鏡を適切な角度に動かすと、鳥が見えなくなり、奥のカーテンだけが映って見えるのです」

　彼は肩をすくめ、席に腰を下ろしたステンハウスに言った。「ありきたりな手です。あなたもそう思うでしょう？」

　ステンハウスが照れくさそうに笑う。「すっかり騙されましたよ」

「言葉どおり信じていいものかどうか」とスペクターは言った。「年寄りに気を遣ってくれているだけではないかな。なにしろ、古くからあるトリックだ。発祥ははるか昔にさかのぼる。確かに、このたぐいとしては、きわめて美しい手口だが……」

「謙遜する必要はありませんよ、スペクターさん。僕らはみんな、自分の長所とともに短所も受け入れなければいけません。音楽家として、僕は天才です。奇術師としては、あなたもそうです」

　これにはスペクターが笑った。「まあ、もっとひどい批評を受けた経験もあります」さらに続けた。「しかしいま、重大な指摘をしました。生きていようが死んでいようが、人体を密室から消失させるトリックはたくさんある。わたしはそのうちの一つをお見せしたのです」

　フリント警部補は居間の戸口からこのようすを注意深く眺めていた。あらたな事実は何もつかめなかった。

　そのあとまもなくリディアが帰宅した。ミセス・ターナーもいっしょだった。ふたりは〈ドーチェスター・ホテル〉で朝のコーヒーを飲んでから、スペクターの催しに立ち会うため、家に戻ってきたのだ。ふたりとも、鳥かごやフロイド・ステンハウスに特別な関心を抱いているようには見えなかった。

次に到着したのはマーカス・ボウマン。車のエンジン音をドリスヒル地区じゅうに轟かせてやってきた。フック巡査部長に迎えられ、ボウマンは不機嫌そうに押し黙って家に入った。応接間に姿を現わしたとき、リディアが彼をちらりと見て、すぐ目をそらした。彼は何も言わず、部屋の奥に座った。

「ようこそ、ボウマンさん」ホスト役のスペクターが言った。「長くお引きとめはしないつもりです。ただ、どうなるかな？　何か学ぶことがあるかもしれない」

警部補はパイプをふかしながら、廊下を行き来した。スペクターがホスト役としてくつろいでいるかたわらで、警部補は職務に没頭中だ。すぐ脇には二名の巡査がいて、目立たないように気をつけつつも部屋を警護している。

続いてデラ・クックソンが到着した。互いの自己紹介を通じて、患者AとBは知り合いになった。ふたりが交わす世間話は痛々しいほどぎこちなかったが、スペクターは一言一句に耳を傾けた。かたやリディアは、冷たい陽射しのなか、彫像のように座っている。ボウマンは幼児さながらに落ち着きがなく、膝を掻き、唇をなめ、額にかかった前髪を払いのけた。もっとも、視線は床に釘付けで、新しい客が到着しても顔を上げなかった。

スペクターが、部屋のいちばん目立つ位置に立ち、咳払いをした。「お集まりのみなさん、わたしの良き友人であるプロテウスを知っていただく機会を得てうれしく思います。とっておきの見世物を始める前に、ごくささやかな手品をお見せしたい」ひと組のトランプを、華麗に広げてみせる。「デラさん、一枚選んでください」

緊張しながらも、彼女が一歩前に出て、カードを選んだ。

「では、みなさんに見せてください」

彼女が従い、警部補は首を伸ばして見た。クラブの3だった。

「よろしい」とスペクターは言った。彼女からカードを受け取って掲げた。「さあ、よく見てください」

一同が、スペクターの指のあいだのカードを凝視する。彼はそれを異教徒のトーテムのように一瞬、高々と掲げた。すると……パッ！　全員の目の前でカードが変身した。

集まった人々が、いっせいに息を呑む音。続いて、数秒の沈黙が訪れた。カードは小さな正方形のセピア色の写真に変わっていた。若い女性の写真だ。二十歳くらいだろうか。警部補には見覚えのない女性だった。

スペクターは、写真を頭上に掲げたまま微笑んだ。

「どなたか、この女性を知りませんか？」

静寂。

スペクターの顔から徐々に笑みが消えていく。声は氷のようになった。「どなたかがご存じのはずです」

その写真をデラに渡し、客のあいだで巡回させた。全員が、緊張ととまどいのまなざしを交わしている。

「彼女の名前はフリーダ・タンツァーです」とスペクターは言った。「この女性こそ、きょうみなさんにお集まりいただいた理由なのです」

「まだほかに誰か来るのか、スペクター？」警部補が廊下から呼びかける。

「あとはウィーバー夫妻だけだ」

「じゃあ、いま来たらしい」

「素晴らしい」スペクターは蜘蛛のような素早さで窓際に移動し、通りを覗いた。ちょうど、タクシーが停まり、ウィーバー夫人が降りてきたところだった。スペクターは廊下へ向かった。

夫妻がまだ呼び鈴を鳴らさないうちに、スペクターは玄関の扉を開けた。クロード・ウィーバーは顔色が悪い。昨夜の騒動の後遺症がまだ癒えていないらしく、仮面のように表情がない。

　スペクターはふたりをなかへ招き入れた。フック巡査部長が扉を支えた。誰ひとり知るよしはないが、じつは、スペクターはこの事件のどんな時点よりも、ここで最も緊張していた。彼にしてみれば、これが今回の設定の山場だった。

　夫妻の登場は、雷が落ちたかのような効果をもたらした。全員の視線が夫妻のほうを向いた。クロード・ウィーバーが、客をひとりずつ順番に観察する。そして、ひとりの客に視線を固定した。「どういうことです？」と彼は叫んだ。「これもあなたのトリックなんですか、スペクターさん？」

「残念ですが、違います」とスペクターは言った。「これは現実です」

　クロードが見つめていたのは、フロイド・ステンハウスだった。

　ステンハウスは、椅子に根を張ったかのように、微動だにせず無言だ。クロードを睨みつけている。まるで、いまにも相手に襲いかかろうとする肉食獣のようだった。

「クロードさん、この男性が誰なのかわかりますか？」とスペクターが質問した。

「この人は……」クロードは言葉に詰まった。妻のローズマリーがそばに寄って、腕に手を添えた。クロードは咳払いをしてから、確信のこもった明瞭な口調で言った。「アンセルム・リーズ博士です」

　ステンハウスが肩を落とした。彼が動きだす前に、フック巡査部長が玄関に近寄り、出口をふさいだ。

　ステンハウスは鼻で笑った。「心配しなくていいよ。手間はかけない」そう言って、おとなしく手錠をかけられた。

「人違いするのも無理はありません」とスペクターが口を開く。「なにしろ、あなたがたふたりが会ったのは一回きりなのですから——リーズ博士が殺害された夜に。クロードさん、あなたが謎の訪問者であることは、とっくにわかっていました。しかし、あの夜あなたが会った男はリーズ博士ではない、とまでは思いいたりませんでした。おそらく、本物の博士は意識を失って、あの怪しいチーク材の収納箱のなかにいた。クロードさんが話をした相手は、じつは博士を殺した犯人だったのです」

「ちょっと待て」と警部補が言った。「それでは、つじつまが合わない」

「合うのだよ」とスペクターは続けた。「みなさんにお許しいただけるなら、最初から説明させてもらおう」

*

「既婚男性のご多分に漏れず、クロード・ウィーバー氏は浮気をしている。ただ、たいがいの既婚男性とは異なり、珍しい立場にある。すなわち、匿名性の高い立場だ。彼は有名な世捨て人。〝有名〟と〝世捨て人〟は矛盾しているかもしれないがね。要するに、世間に広く名前を知られていながら、顔はほとんど知られていない。このことから、ある種の特権を得ていた。しかし当然、妻が疑念を抱き始めた。そこで、ウィーバー氏は〝精神障害〟をでっち上げた。ときに遁走状態に陥り、自分の居場所を説明できなくなる、とね。妻は知らず知らず、夫の術中にはまっていった。半信半疑に陥り、精神科医の診断を受けるように勧めた」

「中傷もいいところだわ！」ウィーバー夫人が叫んだ。しかし警部補は、彼女がもう夫の腕に手を添えていないことに気づいた。

「スペクター、そこからが理解できない。術中に陥ったとは、どういう意味だ？」

「彼女は夫に毎週一回、診療を受けるように勧めた。

おかげで、ウィーバー氏にとってみれば、妻の監視の目から逃れて外出できる機会が得られたわけだ」

「でも、ウィーバー氏が予約の時刻に現われなかったら、リーズ博士が夫人に連絡しかねないだろう。いや、数分遅刻しただけでも」

「そう。しかし、ウィーバー氏は策略家だということを忘れないでほしい。週一回の受診に同意し、みずからの精神状態を危惧する演技を続けつつ、その一方で策を弄したのだ。最初の予約の時刻にドリスヒルの家に現われるのは、じつは誰でもよかった。当人が患者Cを名乗りさえすればいい。大胆にも、ウィーバー氏はそれを実行に移した。すなわち、仕事にあぶれている舞台俳優を雇い、アンセルム・リーズ博士との診療時、自分になりすましてもらったのだ。これで、妻の目を気にすることなく、自由に不倫の逢瀬を重ねることができた」

「仕事にあぶれている舞台俳優……」とデラ・クックソンが復唱した。「エドガー・シモンズね？」

「いかにも。そのエドガー・シモンズはつい先日、ひどく急いで姿をくらましたらしい。国を出たのだろう。金の力で動かされたかのようだと思わないかね？」

「じゃあ、つまり」と警部補は言った。「アンセルム・リーズ博士が〝患者C〟だの〝クロード・ウィーバー〟だのと呼んでいたのは、じつは全部、偽者のエドガー・シモンズだったわけか？」

「そのとおり。話を合わせるために、ウィーバー氏は俳優と定期的に会って報告を聞き、診療時に交わされた会話の内容を詳しく把握した。完璧な計画のはずだった。実際、見事なアイデアだ！　げんに、しばらく順調だった。しかし早晩、妻の疑念がよみがえることは避けられなかった。夫が世界最高の精神科医に治療を受けていると思うだけでは、疑いを解消できなかったのだ。そこで彼女はさらなる手を打った。ウォレス調査事務所に相談し、ウォルター・グレイブズという調査員に夫を尾行してもらったわけだ。

ウィーバー氏が調査員の存在を意識し始めたのは、殺人事件が発生する週のことだった。もとから神経過敏だっただけに、さらにひどくなり、精神に変調を来すまでに追いつめられた。なにしろ、秘密が妻にばれたらどうしよう、と終始びくびくしていたのだからね。

結果的に、リーズ博士は、患者のひとりがクロード・ウィーバー本人であると疑わず、家の者たちも、そう名乗る男がクロード・ウィーバーだと信じ込んだ。しかし、実際は偽者だった。

本物のウィーバー氏は、この調査員がいずれリーズ博士に事情を聞きに行って、何もかも台無しになる、と悟った。そこですぐさまエドガー・シモンズに金を与え、厄介払いした。しかし、両側から壁がじわじわ迫ってくるような、逃げ場のなさを感じていた。そんな心境のなか、十二日の夜、編集者と食事に行ったのだ」

「わたしに何の罪をなすりつけようとしてるんだ？」

クロード・ウィーバーの顔が土気色に変わっている。

「二枚舌を使って不倫していた。それだけですよ、ウィーバーさん。殺人より軽い罪であることに同意いただけると思う」

そうこたえ、スペクターは彼に向かって先を続けた。

「あなたは、精神状態が不安定なときに、編集者と議論になり、〝偽者のクロード・ウィーバー〟というせりふが思わず口を突いて出た。そのとたん、あなたの心は大きく揺れた。卒倒しかねないようすでレストランからよろめき出た。最後の手段としてドリスヒルへ向かい、リーズ博士に事情を打ち明け、寛大な措置を頼もうとした。もしかしたら、金を払えば黙っていてもらえるかもしれない、とね。そのような経緯で、あなたは当夜、じつはまだ面識のないリーズ博士に会いに、この家に到着したわけだ。使用人のミセス・ターナーとも初対面。あなたのこそこそした態度のせいで、彼女はかなり不審に感じた。だがここで、あなたが知らなかったことがある。あの夜、あなたが書斎に入ったとき、周到に練られた殺人計画がすでに始まっていて、その真っ只中だったのだ。あなたの訪問はまったく予定になかった行動であり、リーズ博士はあなたを待っていなかった。というより、博士は訪問者を待っていたが、あなたではない。来るはずだったのは、ほかならぬ患者A、すなわちフロイド・ステンハウス氏だった。いいですか、ステンハウス氏は何年か前、ロンドン・フィルハーモニー管弦楽団の演奏旅行でオーストリアに行った際、蛇男の娘と出会ったのです」

「フリーダ・タンツァーという名でした」とステンハウスが声を絞り出す。「僕の人生最愛の女性です。彼女が自殺したあとになって初めて、その父親のことを知りました。リーズ博士の無謀な治療が、ひいては彼女の自殺につながった。何と言ったらいいのかな？ ある種の恨みは時間が経っても消えないのです」

スペクターがふたたび主導権を握った。「そこで、最初の難題です。犯人はどうやってこの書斎に侵入したのか？ ほかに比べれば、いたって単純な謎です。玄関から入った者はいない。十一時ごろから雨が降り出していたため、フレンチドアから入ることは不可能、とわれわれは推理した。濡れた花壇に足跡がなかったからです。殺人が起きたのは十一時四十五分なので、犯人が侵入するころには雨が降り始めていただろう、と思ったのです。しかし、もしずっと前に書斎に侵入していたとしたら？ リーズ博士は来客を待っていた。極秘に会う約束をしていた人物となると、ステンハウス氏ではないかと推測できます。おそらく博士に、蛇男が死んだいきさつを知っている、それを利用してあんたの評判をめちゃくちゃにしてやる、とでも言ったのでしょう。そんな内容を、もっと遠回しにね。だから博士は、ミセス・ターナーに訪問者を部屋まで案内しなくていい、と指示したのです。会話の中身を聞かれたくなかった。

　ところが、ステンハウス氏はリーズ博士に不意打ちを食らわせた。玄関ではなく裏庭を抜けてフレンチドアから、約束の時刻より早く来たのです。雨が降り始める十一時より前に到着したので、花壇には足跡が残らなかった。博士はフレンチドアからステンハウス氏を書斎に入れた。

　そのあと酒を用意した。デキャンタからウイスキーを注いで、二つのグラスを満たした。そこからは初歩的な手品です。ステンハウス氏は自分のグラスに睡眠薬を入れ、一瞬、相手の気をそらしているあいだにグラスを取り替える。相手はやがて、まんまとウイスキーを口にし、意識を失う。手足が麻痺した博士は、自分を待ち受けている運命を悟ったに違いありません。もちろんステンハウス氏は、老いた博士が苦しむ姿を見て大きな喜びを感じたでしょう。

　このころには雨も降り出し、十一時四十五分近くになっていた。ステンハウス氏は、折りたたみの剃刀を開いて、復讐を象徴する行為に及ぼうとした。しかしその矢先、突然ドアをノックする音が聞こえた。心臓が飛び出るほど驚いたでしょう。あわてて剃刀をポケットに戻し、意識不明のリーズ博士を大きな木製の収納箱に押し込んだ。もうおわかりのとおり、来客はクロード・ウィーバー氏。本物のクロード・ウィーバー氏でした。先ほど説明したように、博士とはじつは面識がなかった——これが初対面です。だから、ごく自然な成り行きとして、書斎にいた男をアンセルム・リーズ博士だと思い込んだ。

　想像ですが、こんな会話が交わされたのでしょう。『リーズ博士、わたしをご存じないでしょうが、じつは内々のお願いがあるんです』。ステンハウス氏は瞬時に二つの事実を悟った。一つは、訪問者が自分をリーズ博士と間違えていること。もう一つは、訪問の理由が、本人にとって恥ずべき内容らしいことです。言い換えれば、計画の遂行が危うくなってきたものの、自分のほうがまだ優位に立っている、と踏んだわけです。そこで、何も知らないウィーバー氏を書斎に招き入れ、替え玉を利用して不倫していたとの打ち明け話を聞き始めた。すでにあらたな計画が思い浮かびつつあった。この男を、これから行なう殺人の犯人に仕立て上げることができるのでは、と。そこで彼に酒を注ぎ——もちろん薬が入っていないグラスを使い——彼の告白に耳を傾けた。

やがてふたりの密談が終わった。ウィーバー氏は本物のリーズ博士と話しているつもりだったことを忘れないでください。まだ取り乱しつつも、ウィーバー氏は書斎を出て、廊下を伝い、玄関から外へ出て、夜闇のなかに消えた。そのようすをミセス・ターナーが陰から見守っていた。ステンハウス氏はふたたび被害者とふたりきりで書斎に閉じこもるかたちになった。意識不明の博士を収納箱から出し、あらためて椅子に座らせた。庭から書斎を覗いていた調査員は、ウィーバー氏を追って夜のしじまに消えていたから、このあたりのステンハウス氏の行動は誰にも見られていません。もはやステンハウス氏は時間を無駄にしなかった。剃刀を手に取り、意識を失ったリーズ博士を座ったままの姿で惨殺した。

その時点で書斎を出て行けば、簡単に逃げおおせたかもしれません。ところが、ふと、自分のアリバイを証明するためにあらかじめ計画に組み込んであった事柄を思い出した。一本の電話だ。そのときちょうど、机の上にあった電話が鳴りだした。かけてきたのはピート・ホッブズ。ステンハウス氏から金をもらい、デュフレスンコートを抜け出し、約束の時間に約束の番号に電話してきたのです。アリバイ工作の片棒をかつがされたわけですが、もちろん、この若者は殺人が絡んでいることなど知るよしもありません。ステンハウス氏はリーズ博士になりすまして机の受話器を取ると、博士の声を真似て、誰かと会話しているかのように装った。もっともらしさを増すため、用箋にメモを取ったものの、筆跡が博士のものと一致しないことに遅まきながら気づいた。そこで、会話を打ち切って受話器を置いたあと、用箋をちぎり取った。

　さてここで、ステンハウス氏は急いで行動する必要があった。エレベーター係の少年が口を割らないかぎり、アリバイは完成。ただし、書斎から逃げ出さなければならない。ドアから廊下へ出ようとしたまさにそのとき、ミセス・ターナーがデラ・クックソンさんを家に迎え入れ、書斎に近づいてくるのが聞こえた。ステンハウス氏は窮地に陥った。博士は死んでしまったので、これ以上、彼になりすますことはできない。なのに、廊下にいるふたりの女性が、何としてでも書斎に入ろうとしている。そこで、ステンハウス氏はフレンチドアのほうに逃げ道を求めた。フレンチドアを開けたまではいいが、ここから逃げた場合、花壇に足跡が残ってしまうと気づいた。ただ、フレンチドアを出てすぐには狭いポーチがあった21ページ参照ので、暗い隅にからだを押しつけ、身を隠すことができた。だから、ステンハウス氏は家の外へ出たが、花壇には足を踏み入れずに済んだ」

「それなら、どうやってフレンチドアに内側から鍵をかけたんだ？」

「かけていない。基本的なトリックだ。女性ふたりは、鍵が内側の穴にあり、取っ手をがちゃがちゃ動かしても開かないので、フレンチドアには鍵がかかっていると思い込んだのだ47ページ参照。犯人は、紐のたぐい——おそらくネクタイ——を両開きのドアの取っ手に巻き付け、それを隙間に通して外から強く引っ張って、窓が内側から施錠されているように錯覚させたにすぎない。女性ふたりは取っ手を試し、鍵がかかっていると納得したので、こんどは書斎の内部に目を向けた。そこで犯人は、視線がそれたのを見計らって、ガラス越しにしばらく室内のようすをうかがっていた。ほんの数分待つと、女性ふたりは台所へ向かった。

犯人は、誰もいなくなった書斎に戻り、フレンチドアの鍵をかけ、忍び足で廊下に出て、ふたりの女性がブランデーを飲んでいる隙に、鍵のかかっていない玄関から脱出できたのだ。多少の物音は、激しい雨音に隠されてしまった」

「ちくしょう!」と警部補はつぶやいた。

「しかしあいにく、犯人であるステンハウス氏は思ったほどきれいに逃げ切れなかった。ピート・ホッブズという若者の存在がある。もしピートが、持てる情報を組み合わせ、はたと気づいたら、鉄壁のアリバイが台無しになりかねない。ピートを殺すしかないことは、最初からわかっていたのだね?」

ステンハウスは自分の用意周到さに満足げだった。

「そう。たぶんわかっていた」

「そこで、舞台はデュフレスンコートへ移る。リーズ博士の命を奪った時点で、犯人はすでに第二の殺人を計画し始めていたわけだ。『マクベス』のあのせりふは何だったかな?『血の河へここまで踏み込んだからには、先へ進むしかあるまい』

ただ、エレベーターのトリックを成功させるためには、最初の殺人とは違い、二つの下準備が必要だった。一つは呼び鈴、もう一つはエレベーターそのものだ。まず、呼び鈴について説明しよう。創意に富むステンハウス氏は、決まった時間になると自動的に鳴るように仕掛けをした」

「ははあ」と警部補が得意げに言う。「ブリーム巡査が体験した出来事だな。どこか怪しいと思ってたんだ。呼び鈴が鳴ったので、誰だろうと見に行ったものの、廊下は無人だった。室内にいたステンハウス氏が呼び鈴を鳴らしたんだろう?」

「ある意味、そうだ。説明しよう。ステンハウス氏のアパートメントをわたしが訪ねたとき、窓際に、一見ありきたりな目覚まし時計が置いてあった。88ページ参照じつは、この時計を使って事前に実験していたらしい。ご存じかもしれないが、一般的な目覚まし時計は、円筒状に巻いたばねが動力になって時を刻んでいる。これと同じ原理の仕掛けを呼び鈴に施したのだ。呼び鈴の配線を外し、電気系統の部品を取り外して、代わりに、目覚まし時計の小さな歯車とばねを取り付けた。犯人にとって幸いなことに、二つの仕組みはわりあい似ている。呼び鈴には時計の文字盤がないものの、振動して音が鳴る部分、いわゆる舌《ぜつ》があり、そこにぜんまいを取り付ける。この細工をしておけば、呼び鈴をいったん外して、ぜんまいを巻き、もとどおりにはめて待つだけでいい。鳴るまでの時間は、ぜんまいの巻きかたの強弱で加減できる。だからあの日、きみのノックにこたえてステンハウス氏が出てくるまで、少し間があっただろう。あのとき、のちの計画の実行に必要な時間を計っていたのだ。それをもとに調整し、ぜんまいを巻いた。時間は五分と決めた。

　当日、警部補とハロウ巡査が一階に行き、ブリーム巡査が呼び鈴の音にこたえて廊下に注意を向けた隙に、ステンハウス氏は隠し持っていた回転式拳銃――指紋がつかないようにハンカチにくるんで隠してあった拳銃――を出して、部屋の窓から下の裏庭へ落とした。

　引き金が触発式の拳銃だったから、地面に落ちた瞬間に弾丸が発射された。これが運悪く、路上で寝泊まりしていたビル・ハーパー氏に当たって、怪我を負わせた」

「なぜそんな細工をしたのかしら」とデラ・クックソンが言った。

「警察を混乱に陥れるためだ。混乱のさなかにピート・ホッブズの死体が発見されるのがふさわしいと考えたのだろう。そのうえ、発砲と自分が無縁であるという印象を演出できる。何と言っても、巡査に護衛されて自室に閉じこもっていたのだから、完璧なアリバイだ」

「ピート・ホッブズがどうやって殺されたのかを教えてくれ」と警部補が促した。

スペクターは、おごそかに頷いた。「さっき、二つの下準備と言った。一つ目は呼び鈴。さて、もう一つはエレベーターだ。〝吸血鬼の罠〟という用語を聞いたことがあるかね？」

「わたしはあるわ」とデラが言った。

「そうだろうね。演劇用語だ。特殊な仕掛け扉をさす。ジョン・ポリドリの『吸血鬼』の舞台化で初めて登場したことに由来し、この名が付けられている。落とし戸が板ばねで閉じられており、圧力がかかると開くが、すぐにまた閉じる。ステンハウス氏は、エレベーターのかご室の天井にある整備用の落とし戸に、この仕掛けを応用したのだ。死体の重みで戸が開き、直後、ひとりでに閉じるように。

　そのために、長方形の厚いゴムシートを真ん中で九十度に折り曲げ、戸の一辺に取り付けられている開閉用の蝶番《ちょうつがい》を覆うように、そのゴムシートを固定した。すぐに済む作業だ。ピートが〝煙草を吸うための休憩〟をしている最中なら、いつでもできた。守衛によれば、その種の休憩は長ければ一時間も続いたそうだからね。あとは、その上にペンキを塗って、すぐには気づかれないようにすればいい。少し前にアパートメントの修理があったというから、ペンキの臭いが漂っても不思議には思われない。指摘するまでもないだろうが、ゴムシートもペンキも、わたしたちが最初にステンハウス氏を訪ねたとき、彼の部屋で目にし、臭いを嗅いでいる89ページ参照。この仕掛けだけで、エレベーターのトリックは準備完了だ。

　次に、ステンハウス氏はピート・ホッブズを自室に招いた。六時半ごろだろう。その際、ピートに薬を飲ませ、意識を失わせた。さて、このアパートメントの五階は無人だ。ステンハウス氏は自室からエレベーターにいたる廊下に誰もいないときを待つだけでよかった。そうしたら、ピートをかご室に運び入れ、五階へ移動。天井の落とし戸の留め金を外しておく。続いて、意識のないピートと自分は五階に残ったまま、かご室を四階へ下ろす。そして、五階の格子状のエレベーター外扉をこじ開け、かご室の天井部を見下ろせる状態にする。

あとはわりあい簡単で、格子状の外扉にロープの片端を結び、反対端は輪をつくってピートの首に緩く巻きつけてから、からだごと抱きかかえ、天井部にそっと寝かせておく。ここまで終わったら、階段を下りて自室に戻り、警部補に電話して、謎の男に尾行されていると、つくり話を吹き込む。明らかに、ミセス・ターナーがドリスヒルで警察に話した内容を真似たのだろう。やがて警察が到着したあとは、ステンハウス氏の居場所はつねに警察に把握される。その状態で、いわば遠隔操作で殺人を行なったのだ。警部補は最初、階段でステンハウス氏の部屋まで駆け上がったが、あらためて一階で守衛に事情を聞くため、エレベーターを使って下りた。その際、首に巻かれたロープが締め付けられ、ピートはエレベーター昇降路の内部にぶら下がったのだ。これで、死亡時刻にステンハウス氏は警察の監視下にいたと錯覚させることができる。ロープは事前にほつれさせてあり、ピートの体重で引っ張られた場合、ほんの少し経つと切れる仕組みだった。切れると、ピートはふたたびかご室の天井部に落ちるが、こんどは落下の勢いがついているから、四角い大きな落とし戸を押し開き、かご室のなかへ足から着地する。結果として、ピートは一階で殺され、何らかの方法でかご室の内部へ運び入れられたように見えたわけだ。

ただし唯一、見るからに異常になりかねないのが、天井の落とし戸だ。大きさとしては、落ちてきた死体が通過するのにじゅうぶんだが、何も細工しなければ、戸が開いたままになってしまう。戸が開いてぶらぶら揺れていたら、最初に踏み込んだ者がすぐに気づくだろう。だから、ゴムシートを使って〝吸血鬼の罠〟に仕立てたのだ。落とし戸は、一見、留め金で閉じられているようだが、ゴムシートの弾力で閉じられているにすぎず、落下してきた死体の重さによって戸が開く。そして、死体がかご室内に転げ込んだあと、ゴムシートが弾性による反発で木製の薄い戸を押し戻し、閉じた状態にする。

彼は、死体の発見時に間違いなく立ち会えるように計らい、三人の警察官が死体を調べ、デラ・クックソンが恐怖のあまり目をそむけているあいだに 166ページ参照 、素早く落とし戸の留め金をかけ、あとでどう調べても、かご室が密閉されている状態にしたのだ。

そうなると、犯罪の物証は、五階のエレベーター外扉から垂れたままちぎれているロープと、ゴムシートだけだ。二つとも、すでに処分されたに違いない」

しばらく誰も口をきかなかった。沈黙を破ったのはマーカス・ボウマンだった。「なるほど、それで何もかも説明がつくよね？」

「そうでもない」と警部補は言った。「二つの殺人事件はすっきり解決した。だが、盗まれた絵画『誕生』の所在が不明のままだ」

「ああ、それか」とスペクターが言った。「それは、いちばん簡単な話で……」

しかし、彼が説明に入る前に、あらたな展開が起こった。入念に計画した犯罪が暴かれるあいだ、手錠をかけられて立っていたステンハウスが、ひそかに上着の内側に指を入れたのだ。手首をひと振りすると、剃刀が現われた。

あまりに素早い動作に、集まった人々は一瞬、何が起こったのかわからなかった。気がつくと、刃がデラ・クックソンの頸動脈に押し当てられていた。

「フリント警部補、廊下から警官を追い払ってくれ。

これからデラさんとドライブに出かける。外の道路に黄色い車が駐まっているな？　誰の車だ？」

突然の暴挙を見せつけられ、呆然としていたボウマンが、床に視線を落とす。

「マーカス・ボウマン。わたしの元婚約者の車よ」とリディアが言った。

「ボウマンさん、鍵をこっちに寄越してくれ」

ボウマンは言われるがままに立ち上がり、鍵束を差し出した。手が震えている。ステンハウスは鍵束を受け取ると、デラを力ずくで戸口へ引きずった。

「馬鹿な真似はやめて、観念しろ」と警部補が言った。

スペクターが居間の窓から見守るなか、手錠姿のステンハウスは、ふたり乗りの黄色い小型車にデラを無理やり押し込み、続いて自分も乗った。

険しい表情で振り返り、一同を睨む。デラがエンジンをかけ、車を発進させた。朝日を浴びて、剃刀が光った。

車が速度を上げ始める。スペクターをはじめ全員がいっせいに道路へ出て、殺人犯と人質が轟音とともに走り去るのを見送った。しかし、車がドリスヒル通りの端に着く前に、一発の銃声が静かな郊外の空気を貫いた。左後部のタイヤが破裂し、車は甲高い音をたてながら傾いて、焼けたゴムが道路に虹のような弧を描いた。デラが車外へ投げ出された。しかし、ステンハウスはそうではなかった。

車は鉄製の街灯に衝突した。金属の潰れる音とガラスの砕ける音がこだまし、やがて消えた。次の瞬間、燃料タンクに火花が散ったのだろう。車体が炎に包まれた。

ステンハウスを救出する手立てはないとわかると、一同のまなざしは、発砲した者に向けられた。まだ震えの止まらないクロード・ウィーバーの手から、拳銃が落ちた。

＊

「どうかしたのか、スペクター？」とフリント警部補が尋ねた。

すでに、ふたりは博士の家の居間に戻っていた。使用人のミセス・ターナーが、大量に並んだ紅茶カップにせっせと砂糖を入れている。全員の神経がすり減っていた。

「さっき、きみに伝えようとしていたのに。ステンハウス氏が邪魔しなければ、説明するところだった」

「絵の行方か？」

「まさしく『誕生』の件だ。行方を解き明かす鍵は、リーズ博士が死んだ晩の状況を思い出すことだった。あの晩、以後の夜と比較して何か違いがなかったか？その角度から考えたら、こたえは明白だった」

しばしの沈黙。「そうなのか？」と警部補。

「ああ。リディアはベンジャミン・ティーゼルの屋敷からまっすぐドリスヒルの自宅に戻ってきたのだから、絵を携えたままだっただろう。ただ、その夜だけ、雨が降っていた。マーカス・ボウマンは車を放置し、家のそばに駆け寄った192ページ参照。その車というのは、いまや黒焦げの残骸になったあれだがね。ボウマンはあの夜、後部座席を激しい雨から守るため、柔らかいルーフを広げてあったはずだ。われわれが見るときはいつも、車のルーフは開いていた。しかし、あの夜は閉じていたに違いない。だからリディアは、ルーフの収納部に絵を滑り込ませた。完璧な隠し場所を見つけたわけだ」

長く押し黙ったのち、警部補がぼそりとつぶやいた。

「なるほど」そう言いながら、窓の外を見つめた。原形をとどめない車が、いままさに牽引車に引かれていく。マノリート・エスピナのたぐいまれなる傑作は、黒々と巻き上がる煙とともに、ドリスヒルの空の彼方へと消えたのだった。

エピローグ　奇術師の物語

ドリスヒルでの事件やフロイド・ステンハウスの残念な死から一カ月後、フリント警部補はジョセフ・スペクターを夕食に誘った。〈ブラック・ピッグ〉の居心地のいい空間からスペクターを連れ出すのは至難の業だったが、警部補の強引さがまさった。彼が選んだ店は、リーズ博士の殺害事件の夜にクロード・ウィーバーとその編集者であるトゥイーディーが食事をした〈ブラウンズ〉。編集者が勧めていた鱒《ます》料理を注文した。

「どうしてステンハウスが犯人だとわかったんだ？」と警部補は訊いた。「わたしとしては、連中のうちの誰が犯人でもおかしくない気がしていた」

「それはだね」スペクターは、牛の肩ばら肉を口いっぱいに頬張ったまま言った。

「ステンハウスはロンドン・フィルハーモニー管弦楽団とさかんに演奏旅行をしたことがあると言っていた（88ページ参照）。そんなふうに国外にしょっちゅう出かけた人物は、容疑者のなかで彼しかいない。したがって、リーズ博士と過去にヨーロッパのどこかで出会った可能性が高いのは彼だった。いちどウィーンを訪れたとも話していた。一九二七年か二八年。となれば、そのとき蛇男の娘と出会い——そして恋に落ちた——と推理できる。美しい娘だったが、父親の身に起きた出来事に心を痛めていた。そのつらい記憶から、ついに立ち直ることができなかった。彼女がみずから命を絶ったとき、ステンハウスは、責めるべき相手を知っていた。あらゆる不幸の元凶となった人物。それがアンセルム・リーズ博士だった。恋人の父親を自殺に追いやった男。ステンハウスの怨念はいつまでも涸れなかった。そして偶然にもリーズ博士が自分の国に移住してきたと知り、すぐに博士を探し出し、精神科の治療がぜひ必要な患者だというふりをしたのだ。すべては復讐を果たすための芝居だった」

「夢についてはどうなんだ？　結局、何か意味があったんだろうか？」

「おそらく、あったと思う。それどころか、探しかたさえつかめていれば、パズルのこたえは何もかも目の前に提示されていた」

「悪夢なんてステンハウスのでっち上げじゃないのか？　博士と会い続けるための口実では？」

「とんでもない。どちらかといえば、博士が受け入れやすいように、夢の中身を穏便に変えたくらいだろう。ただし、彼は一つ重大な修正をした。というか、代用をした。ランプを持った男。その男は自分の父親だと博士に言った。けれども、彼の夢に出てきた悪魔は、ほかならぬアンセルム・リーズ博士だったに違いない」

　警部補は頷いた。「なるほど、符合する。あれこれと想像をめぐらし、まるで旧約聖書の登場人物のような幻の存在だった博士が、生身の人間として現われたのだから、相当な心理的反応を引き起こしただろう」

　食後のコーヒーを味わっている最中、スペクターの青白い瞳に、おなじみの悪戯っぽい光が戻った。

「今夜の締めくくりに、最後、ささやかなトリックをお見せするよ。ウエイターの心を読むから、よく見ていてくれ」スペクターは胸ポケットから折りたたんだハンカチを取り出し、ウエイターに差し出した。同じポケットからペンを出して、これもウエイターに渡した。

「きみ、そのハンカチとペンを向こうのカウンターに持っていってくれたまえ。そして、1から50までの数字のうち一つを思い浮かべて、その数字をハンカチに書いてもらいたい。いいね？」

若いウエイターは、目を見開いてきらきらと輝かせながら、頷いた。スペクターは背中を向けた。ウエイターが数字を書き、ハンカチをたたんだ。そのあと、ふたりはふたたび向かい合った。

スペクターは目を細め、楽しげな表情のウエイターを見た。「きみが選んだ数字は、37だね」

ウエイターはまばたきしながら、ハンカチを広げた。そこには、青いインクで〝37〟と記されていた。

スペクターは微笑みながら、彼に銀貨を差し出した。「ご協力に感謝する」

「お見事」と警部補は言った。「どうやったら、あんなトリックができるんだ？」

「いまのは即興マジックと呼ばれるものでね。ステージもカーテンも帽子も必要ない。どこででもできる」

「でも、どうやって？」

控えめに首を傾けながら、スペクターはこたえた。「もちろん、ただのまやかしだ。そのペンにはインクすら入っていない。わたしがウエイターに渡したハンカチには、あらかじめ37という数字が書いてあった。そしてハンカチを広げると、なかに一ポンド金貨が入っていた。間違いなく、いまは彼のポケットのなかにあるがね。あとはきみが自力で推理できるだろう」

「やれやれ」

「がっかりさせて悪いな。しかしわたしは奇術師だ。われわれ奇術師には、きみのようなふつうの人間にはない、ある種の傾向がある」

「それは？」と警部補。

スペクターの笑みが、大きく弾けた。「われわれは、平気でいかさまをする」

謝辞

この機会に、わたしを夢中にさせ、知的な刺激を与え続けてくれているミステリ作家たちに感謝したい。具体的には、ジョン・ディクスン・カー、エラリイ・クイーン、エドワード・D・ホック、ヘレン・マクロイ、ヘイク・タルボット、クレイトン・ロースン、ニコラス・ブレイク、クリスチアナ・ブランド……。挙げ始めればきりがない。加えて、ポール・アルテや島田荘司といった黄金時代以降の巨匠たち。斬新なアイデアを世に問い続け、〝不可能犯罪〟がまだ多くの可能性を秘めていることを裏付けてくれている。

Ellery Queen's Mystery Magazine と *Alfred Hitchcock's Mystery Magazine* には、初期のジョセフ・スペクターの物語をいくつか掲載してもらえたことに感謝する。また、そうした作品を読んで高評価を与えてくれた読者のみなさんにも、ここで謝意を表したい。

編集者であるガブリエーレ・クレッセンツィは、事細かな感想をくれ、鋭い目で細部に気を配ってくれた。草稿の段階で目を通してくれたロブ・リーフとダン・ナポリターノにも深謝する。

マイケル・ダールとアナ・テレサ・ペレイラには、友情と励まし、スペクターの物語への変わらぬ熱い愛情について感謝に堪えない。

ジョージア・ロビンソン、ミラン・グルン、マイケル・プリチャードにも謝意を捧げる。最後に、オットー・ペンズラーにも感謝する——理由は言うまでもないだろう。

解説

ミステリ評論家
千街晶之

ミステリの世界では、物語の結末の部分を袋とじにした本が刊行されることが時々ある。封印することで、どれほど意外かつ衝撃的な結末が待っているのかと読者の興味をそそり、購買意欲を高めるのが目的であり、版元の自信を示すものでもあるが、「読んでみたらそれほどでもなかった」という失望の危険性と紙一重であるため、なかなか冒険的な売り方であるとも言える。しかしこの売り方は、意外と歴史が古いのだ。

史上初の袋とじミステリは、一九三六年にイギリスで刊行された、ジョー・リンクス原案、デニス・ホイートリー著の『マイアミ沖殺人事件』であるとされるが、邦訳書に限定するなら、一九五九年にハヤカワ・ミステリから刊行されたビル・S・バリンジャー『消された時間』が最も早い例だろうか。他にも、ノエル・ベーン『クレムリンの密書』、アイラ・レヴィン『ローズマリーの赤ちゃん』、リチャード・マシスン『地獄の家』、スタンリイ・エリン『鏡よ、鏡』（以上四冊はハヤカワ・ノヴエルズ)、トマス・トライオン『悪魔の収穫祭』(角川書店)、デニス・ルヘイン『シャッター・アイランド』(早川書房)といった例が思い浮かぶ。そうした海外ミステリで最も知名度が高いのはビル・S・バリンジャー『歯と爪』(創元推理文庫)だろう。袋とじの部分に「意外な結末が待っていますが、あなたはここで、おやめになることができますか? もしやめられたら代金をお返しいたします。返金をご希望の方は、封を切らず小社までご郵送ください」(新版からの引用)と記されているが、この強気な売り方を、一九七七年の初版から、二〇一〇年の新版を経て現在まで続けている点でも貴重である。

国産の袋とじミステリに目を向けるなら、島田荘司『占星術殺人事件』(講談社・初版)、池田美佐『ポートピア連続殺人事件 密室殺人の謎』(双葉文庫)、和久峻三『雨月荘殺人事件 公判調書ファイル・ミステリー』(中央公論社)、折原一『倒錯の帰結 首吊り島・監禁者』(講談社)や『タイムカプセル』(理論社ミステリーYA!)や『黒い森 生存者・殺人者』(祥伝社)、はやみねかおる『「ミステリーの館」へ、ようこそ 名探偵夢水清志郎事件ノート』(講談社青い鳥文庫)、那須正幹『交霊会殺人事件 写楽ホーム凸凹探偵団6』(講談社青い鳥文庫)、芦辺拓『ダブル・ミステリ 月琴亭の殺人/ノンシリアル・キラー』(東京創元社)、逢坂剛『鏡影劇場』(新潮社)、阿津川辰海・斜線堂有紀『あなたへの挑戦状』(講談社)などがあるが、中には『「ミステリーの館」へ、ようこそ』のように袋とじの中に袋とじがある例まで存在する。また泡坂妻夫『生者と死者 酩探偵ヨギ・ガンジーの透視術』(新潮文庫)は、袋とじを開くという行為に前代未聞の意味を持たせた試みである。

　こうした単発作品のほかに、先述の『マイアミ沖殺人事件』に始まる〈捜査ファイル・ミステリー〉シリーズ（中央公論社）はすべて袋とじだったし、一九八四年に刊行が始まった東京創元社の海外ミステリ叢書「イエロー・ブックス」全五冊もそうだった。二〇〇二年にはメフィスト賞受賞作家による袋とじミステリ全十六冊が、講談社ノベルスから「密室本」として相次いで刊行されている（中でも石崎幸二の作品はその名も『袋綴じ事件』である）。解説だけが袋とじになっている例としては東野圭吾『どちらかが彼女を殺した』『私が彼を殺した』講談社文庫版の西上心太による解説があるが、これは本篇に真相が明記されていないため、解説が推理の手引きの役割を務めているからだ。もっとも製本に手間とコストがかかるため、これらの中には、文庫版で袋とじではなくなった作品がかなりある。袋とじミステリを見かけたら、文庫化される前に入手しておくのが良さそうだ。

　そんな袋とじミステリの歴史に、新たな逸品が加わった。それが本書『死と奇術師』（二〇二二年、原題 *Death and the Conjuror*）だ。ハヤカワ・ミステリの袋とじ本としては、先述の『消された時間』以来、六十四年ぶり二冊目ということになる。

　著者のトム・ミードはイギリスの作家で、現在ミッドランドに在住。これまでに《エラリイ・クイーンズ・ミステリ・マガジン》や《アルフレッド・ヒッチコック・ミステリ・マガジン》などの雑誌に短篇を発表しており、長篇デビュー作の本書はピーター・ラヴゼイら先輩作家からの称賛を集めた。第二作の *The Murder Wheel* は二〇二三年刊行予定である。ジョン・ディクスン・カーをはじめとする黄金期の本格ミステリ作家たちのほか、ポール・アルテや島田荘司を敬愛しているという。

物語の舞台は一九三六年のロンドン。心理学者のアンセルム・リーズ博士は、娘のリディア、使用人のミセス・ターナーと暮らしていた。問題の夜、リディアは恋人のマーカスと外出していて不在だった。博士はターナーに、今晩遅くに来客の予定があると告げる。果たして、十一時十五分すぎ、見知らぬ男が現れて博士の書斎に入っていった。その来客が帰った後、博士は誰かと電話で話している様子だった。その直後、今度は別の客がやってくる。ターナーが客とともに書斎に向かったところ、扉が開かない。紙と鉛筆を使って鍵を開けたところ、博士は喉を切り裂かれて絶命していた。だが、書斎の扉のみならず、窓に面したフレンチドアも施錠されている。凶器が現場にない以上、自殺とも考えにくい。密室状態の書斎から、博士を殺した犯人はどのように脱出したのか？

この謎に、元奇術師であり、警察の捜査に協力しているジョセフ・スペクターが挑戦することになった。だが、博士が殺されたのと同じ夜に別の場所で、どのように行われたのかわからない盗難事件が発生していたことが判明するなど、謎は深まるばかり。容疑者は少人数なのだが、どの人物にも怪しい点がある反面、真犯人を絞り込む決め手に欠けるのだ。

黄金期本格の作家たちが活躍した時代を舞台に選んだこと、密室殺人、名探偵、読者への挑戦状……と、古典的な本格ミステリへのオマージュがてんこ盛りの作風は、日本の新本格の一部にも通じるものがある。近年の英米ミステリ界に黄金期回帰の傾向が見られることは、アンソニー・ホロヴィッツ、ジョン・ヴァードン、スチュアート・タートンらの小説からも明らかだが、その中でも著者の作風はジョン・ディクスン・カーへのオマージュの意図が顕著である（冒頭の献辞のJ.DCとはもちろんカーのことだ）。第四章、謎の男が博士の書斎を訪れるくだりは、カーの『三つの棺』で仮面の男がグリモー博士の書斎を訪れるくだりを明らかに意識しているし、被害者に一人娘がいる点や、ヨーロッパ大陸を背景とする過去の因縁が絡む点も『三つの棺』を想起させる。

ただし探偵役が奇術師であるという点は、カーというより、アマチュア奇術師でもあったクレイトン・ロースンの作品に登場する元奇術師グレート・マーリニを意識したように思える。もっとも著者に限らず、奇術の要素をミステリに導入した作品は数多く存在しており、例えば奇術師が名探偵を務めるパターン、犯人として登場するパターン、被害者になるパターンなど、ある程度ミステリに通じた読者なら立ちどころに何作も思い出せるだろう。そのような傾向が見られるのは、人間心理とトリックの原理に通暁している奇術師の特性が、ミステリにおける名探偵にも知能犯タイプの犯人にも向いているからだ。奇術のステージの華麗さや奇術師のパフォーマンスが、ミステリにおける不可能犯罪の派手さや名探偵のエキセントリックさに通じるということも挙げられる（ただし、奇術師がタネを明かさないのに対し、名探偵は最後にトリックを解明するという大きな相違が存在するけれども）。その点、本書のスペクターは、年齢不詳な点も含め、ミステリアスな佇まいが古風な名探偵に相応しい。

他に気になった点について触れておくと、本書の第五章によれば、作中の一九三〇年代ロンドンではここ数年、主に上流階級で、密室で人が殺されたり、雪原で絞殺死体が発見されたのに片道ひとりぶんの足跡しか残っていない……といった「不可能犯罪」が起こっているらしい（そういう事件の場合、警察はジョセフ・スペクターのような名探偵の知恵を借りるのだ）。一見、古典的な本格ミステリらしい世界観のようだが、実際には黄金期本格の作中では、不可能犯罪は特に説明なく普通に起こるものであり、「ここ数年、上流階級で起こっているので名探偵が必要となっている」などといったエクスキューズを必要としていないことが多い。その意味で本書の趣向は黄金期本格をメタ的視座から見たものであり、むしろ、密室の謎が解明されない限りは無罪という判例が生まれたせいで密室殺人が頻発するようになった日本社会を舞台にした鴨崎暖炉の作品のような、近年の国産ミステリにおける風変わりな世界観（「特殊設定」というよりは「特殊状況」とでも呼ぶべきか）に近いものを感じる。第二部の冒頭には『三つの棺』の名探偵ギデオン・フェル博士の台詞（有名な「密室講義」の章からの引用である）が掲げられているが、本書のこの「特殊状況」は、この台詞の前後にフェル博士が語っている密室殺人の現実離れ感に関する見解への、著者からの回答とも思えるのだ。

　さて、最後に一点。真相には触れないものの、勘のいい読者が察してしまう可能性があるので、次の段落の指摘は本篇の読後に目を通していただきたい（『消された時間』の都筑道夫の解説や『歯と爪』の戸川安宣の解説と異なり、この解説は袋とじの中に封入されるわけではないので）。

　本書の記述には、フェアかどうか微妙なところがある（訳文のニュアンスでそうなっているのではなく、原文通りであることは確認した）。といっても致命的というほどではなく、三人称の記述であってもある人物の主観と認められる場合はアンフェアではないとする立場に就くか否かで意見が分かれるだろう（エラリイ・クイーン『十日間の不思議』のある記述がそうであるように）。少なくとも著者が記述のフェアさに無自覚でないことは、アガサ・クリスティー『アクロイド殺し』に作中で言及している点から察せられると思うのだが、如何だろうか。

ともあれ、読者をわくわくさせるクラシカルな設定に意外な真相が秘められたこの薫り高い物語の包装として、袋とじという遊び心溢れる趣向はいかにも相応しい。貴方も名探偵ジョセフ・スペクターと同じ結論に辿りつけるか、封を解く前に挑戦していただきたい。

二〇二三年三月

HAYAKAWA POCKET MYSTERY BOOKS No. 1990

中《なか》山《やま》宥《ゆう》
翻訳家
訳書
『マネー・ボール〔完全版〕』
『最悪の予感　パンデミックとの戦い』
マイケル・ルイス
『〈脳と文明〉の暗号』マーク・チャンギージー
（以上早川書房刊）
『夜明けのパトロール』『紳士の黙約』『失踪』
ドン・ウィンズロウ
他多数

この本の型は、縦18.4センチ、横10.6センチのポケット・ブック判です。

〔死《し》と奇術師《きじゆつし》〕

2023年4月10日印刷　2023年4月15日発行

著者	トム・ミード
訳者	中山宥
発行者	早川浩
印刷所	星野精版印刷株式会社
表紙印刷	株式会社文化カラー印刷
製本所	株式会社川島製本所

発行所 株式会社 **早川書房**
東京都千代田区神田多町2−2
電話　03-3252-3111
振替　00160-3-47799
https://www.hayakawa-online.co.jp

（乱丁・落丁本は小社制作部宛お送り下さい
送料小社負担にてお取りかえいたします）

ISBN978-4-15-001990-7 C0297
Printed and bound in Japan

ハヤカワ・ミステリ〈話題作〉

1973 **ゲストリスト**

ルーシー・フォーリー
唐木田みゆき訳

孤島でのセレブリティの結婚式で起きた事件。一体誰が殺し、誰が殺されたのか？　巧みに構成された現代版「嵐の孤島」ミステリ。

1974 **死まで139歩**

ポール・アルテ
平岡　敦訳

靴に埋め尽くされた異様な屋敷。その密室に突然死体が出現した！　ツイスト博士が謎を追う異形の本格ミステリ。解説／法月綸太郎

1975 **塩の湿地に消えゆく前に**

ケイトリン・マレン
国弘喜美代訳

他人の思いが視える少女が視た凄惨な事件を告げるビジョン。彼女は被害者を救おうとするが、彼女自身も事件に巻き込まれてしまう。

1976 **阿片窟の死**

アビール・ムカジー
田村義進訳

一九二一年の独立気運高まる英領インド。阿片窟から消えた死体の謎をウィンダム警部とバネルジー部長刑事が追う！　シリーズ第三弾

1977 **災厄の馬**

グレッグ・ブキャナン
不二淑子訳

小さな町の農場で、十六頭の馬が惨殺されているのが見つかる。奇怪な事件はやがて町じゅうをパニックに陥れる事態へと発展し……